独立之草

夏维纪 著

群言出版社
QUNYAN PRESS
·北京·

图书在版编目（CIP）数据

独立之草 / 夏维纪著. -- 北京 : 群言出版社，2017.10

ISBN 978-7-5193-0367-9

Ⅰ. ①独… Ⅱ. ①夏… Ⅲ. ①诗集－中国－当代 Ⅳ. ① I227

中国版本图书馆 CIP 数据核字 (2017) 第 295211 号

责任编辑：王　聪
封面设计：胡金霞

出版发行：群言出版社
地　　址：北京市东城区东厂胡同北巷1号（100006）
网　　址：www.qypublish.com（官网书城）
电子信箱：qunyancbs@126.com
联系电话：010-65267783　65263836
经　　销：全国新华书店

印　　刷：成都新千年印制有限公司
版　　次：2018年2月第1版　2018年2月第1次印刷
开　　本：710mm×1000mm　1/16
印　　张：18
字　　数：230千字
书　　号：ISBN 978-7-5193-0367-9
定　　价：65.00元

序

读夏老的诗歌让我想到了一个非常中国化的词：捭阖。它的本意是开阖，古代将此用于游说术，以开合为道，让布道有肆意汪洋波澜起伏之气势。夏老写诗犹如语言的御者，统治、驾驭着词语和想象纵横驰骋，包括轻重、阴阳、柔刚、张弛，他都能收放自如，且大开大合。这是万物以及万物之情堆积于胸，犹如狂涨的江水，他必须通过写诗来“泄洪”，也让心里的云蒸霞蔚借诗歌显形，并凝固下来、灿烂起来。

所以夏老写诗是以不变应万变，他不在意什么修辞和技术，也不理会诗歌的走向和时尚，他要做的就是倾诉、倾诉、再倾诉，那关于世界的情与思，对万物的体悟和感受，他都要一股脑儿地倒出来，这让他的诗歌像从峡谷流入平原的大江，激荡、浩瀚、辽阔。情感铺排着，一泻千里，万物也随之重新排序，重新结构一个磅礴、流畅，有宽度、长度和厚度的世界。这是自然的，也是心灵的，更是诗化了的世界。在这个世界里，天、地、人是相融的，也是互相渗透的，是自由的、忘我的甚至互忘的，且能超然于一切物化之外，净化、禅化着。

我把这理解成夏老诗歌的境界，有着现在诗坛缺少的、向上升华的、需要仰望的圣洁和纯美。当然这一切产生于诗人对人生的切肤体验与感悟，并由此生发出的深刻的哲学般的思考和思想。这让他的诗歌接地气，又有高度，同时也有气势和气度。更可贵的是，夏老在写这些诗歌的时候，只是真诚地、深情地，甚至匍匐在大地之上，面对太阳与星斗、沉默的群山与行走的人群，一句一句倾吐内心的激情和热爱。这让他的诗歌有了真核，那就是触景生情和有感而发。也正因为夏老的诗歌都源自自己的真性情，他的写作变得自由随性，文本就有着与其他人不一样的异质感，有着很高的辨识度。

李　犁

2017年8月

Contents 目录

一个清凉如水的秋夜

当落日被老家的后山收走之后
飘荡的炊烟
便像老僧诵完最后的那卷经文进入安眠之乡
这个时候我听见月光在云上移动
如同那夜海起浪
仿佛竹枝在撩动着秋风

头枕的那本古诗集子太重太厚
硌得浅梦阵阵生痛
路过的雁阵声声催叫
兴趣盎然地以鸣为器
想在不眠的窗上凿出一行诗来
我如同农事拖疲的扁担躺在月下
只是身边少把埋头苦干的镰刀

目光里的山村其实只是几户
朴实的人家如同村口的那条山溪
整天荡着纯白柔软的水花
在月色里散步的除了山菊花香
还有我边走边听山风拍响祠堂厚实的木门
身后紧紧相随的是自信满满的中秋带来的那份清凉

常见常新的黎明　将我的目光摇醒
土墙上的紫葵用花色代替了鸡鸣
新入学堂的孩子　脚步比麂子还快
老牛的响鼻　温柔地把炊烟拧弯

呼啸的竹林
被一匹丝绸般的阳光盖住
被秋风擦拭得比翡翠还亮
我啃着半块冷月
疾走在山道上
在更高的山头
为诗寻找一片温暖

透过秋雨的眼睛

秋夜里飘飞的雨丝　是谁的话语
是谁把难言的心事倾泻一地
你躺在哪里
或是　已站成远山朦胧的风景

透过雨帘的目光　代替了晨曦
逼我步步后移　远离灯火隐喻的亮光
直到你把我也看成一滴秋雨
从思念的额纹上飘然而至

今晨风劲　那边的人站在比心更深的风里
让我听见前生的水声
让那条清清凉凉的呼唤
打湿我胸前的衣襟
湿润的记忆暖红了疲惫的手指
凝集成寂静

朵朵陌生的水花　绽放出动人的雨声
以风伴舞姿式优雅含蓄
莲塘不是梦乡　我终究要涉水而行
风雨敲响的伤口很痛　但也能疗伤
把路抛向秋雨缝隙之处　扶摇而去

雨后的夕阳

一把伞　是两个人爱的家
雨后的天空　夕阳开始弥漫
摘一半搁在肩上　照亮身后的来路
另一半沉入心田
成为明天　黎明中升起的朝阳

晚霞的缝隙处跃出一匹红鬃大马
踏蹄的瞬间
激起阵阵细碎的钟声
夕阳在钟声的波影中闪动　成为风景

以此作为背景　即使是一场离别
也是一个人生难忘的幸福
明天列车向南　你将启程返回家乡
而我继续往北　把思念搬上泰山

挥手的时候　指尖穿过的鬓发已经泛白
沾染着身后余下的生活
都是沧桑中的人　都是不再降临的人
枝上挂满夜里的耳语　生动而艳丽
挥挥手　我们都将是夕阳送走的钟声

也忆江南

九月的秋风翻开所有的大报头版
把江南中的江南
把西湖一带的山寺桂子
还有莲花尖上的阵阵潮声
塞满我那　惊喜连连的眼睛

江南从白居易的诗句里走出
千百年来成了文人们
回眸前尘往事的风俗和习惯
内心干涸的时候
他们便以江南的春花和江水加以滋养

身在当下的我　眼望屏幕上
那长长的车队　在笔尖和素纸之间
用心遥想大隐隐于市的木鱼之声
是如何穿越世俗的沼泽
抵达我用诗情筑建的心声

一动不动的江南
如今成了各色语音的聚集中心
而我只是一个布衣百姓
安坐在鸟鸣林幽的小城
企盼余温尚存　但愿江南宜人的恬静
能为多难的世间　带来安详与和平

秋日的午后

天高云淡　这是一个
秋日的午后　风扯开
自己的身段　扯开柳叶
泛黄的梦境　扯开蝉子
那一缕脆亮透明的孤鸣

我和秋风同在　在一份
日报副刊的诗行里　看
窗外传来的一句赣剧高腔
被坦荡的风　擦拭得锃亮

一个人　在秋日的午后
透过文字和生活的表面
静静地眺望　倾听心跳
保持着当初单纯的呼吸
便能触摸到思想的回声

夕阳　盛开在秋风的深处
温柔而无欲　似在牵引
脚下的足迹　我的年龄与夕阳匹配
最适于陶醉于黄昏的憧憬之中
我把诗句安置在风的背上
任它飞翔
而我　甘心守护诗中的秘密

龙虎山的烟云

在龙虎山辽阔的天空里
每当这个季节
就能看见烟和云这对双胞胎
在晨曦的衬托下　互为表里

没有人能分出它们的区别
只好依顺着那位道长所言
山上的是云　山下的是烟
看淡人间事　行走天地间

晨阳从崖顶上升起
翔旋的鹭声裹着光
把影子投在树冠上
泸溪溅起的阵阵惊叹
被云烟托升起　如祝福的预言

没有烟形云状
龙虎山便成了一册潮霉的史书
成了一则泛黄的故事
一段无味的解说
在龙虎山中云烟过往不是琐事
而是一种雅俗
是亦真亦幻的境界

观画

夕阳下的那片菊　是谁所栽
谁的长袍铺成一片秋地
远离炊烟隐喻的温暖
让我静听对面山谷松尖上的水声

琢磨画面背后的用意
那边的人站在一洼
比潭更深的心里挥毫
掀起连接　前生后世的风雨

有风乍起　野鸽从芦荡中纷纷跃起
鸽鸣划痛目光
灰白相间的翅尖　利索地切开
我和画轴之间的距离

一声娇艳在惊呼中摔碎一地
失态的锋利　朝我瞪张着眼睛
混乱的足音将心平似水的心情
抛进那片丹青里　搅得失去原形

节日里的随想

——献给黄诗咏老师

终于　你松开了病痛而远去后
人们在你定格的注视前
痛哭流涕　而你对眼前的场景
却没像往常那样眨一下眼睛

你走得坦然　而且没有遗言
所有的诗意　都给了山区的孩子
只留下一个淡淡的微笑
墙角边　一只老猫孤独地蹲着
在它　毫不知情的黄眼睛里
只有这场今生从未有过的热闹

在山村常态化的这个雨晨
在那令人心悸的唢呐声里
悼念的词句　神情肃穆而湿润
花圈长列　抽泣的声浪开始蔓延
所有的这一切都是证据
都是关于一个退休教师最后的评定

终于可以安息了　从人们心中
滴落的泪水会告诉土地
这里安睡的是一个好人
覆盖你的是故乡的泥土　而覆盖泥土的
将是春风吹又生的一片生命

那片绿叶

在花的身影下　怯怯地张望
却不料　会被一双男人的眼睛
悄悄地收入镜头

在此之前　不过是片平常的叶子
所有的目光都围绕在花的身旁
它已习惯被忽略
从没想过　自己会有一天
能成为墙画中的主要内容

望着这个羞涩而不安的场景
我的呼吸发紧　心尖感到刺痛
我是大山里飞出的一声鸟鸣
面对城市的霓虹　也曾失去话语

风来了　雨来了
推开窗把清风揽入怀中
伴随着急速而下的雨点
那片绿叶摇摆得如此强劲
如同旗帜　在我的目光里飘荡有声
以叶子的立姿　代我向风雨致敬

一声鸟鸣

一声鸟鸣　有声有色地
在枝头上盛开
黎明被惊醒　急忙起身赶往天边
定点定时地绽放

稻谷的黄　一天盛过一天
白云悠闲自得
脸上全是天空的表情　灰鸽飞过
红爪上提着　路上拾到的故事
小心地绕开雨的走向

那声鸟鸣　有着玉的音色
让我的目光　像成熟的秋果
在饱满的喜悦中随风荡漾
并且沾上桂花飘转的气息

即使翅膀老了
也不影响它跳跃的激情
每当那一声清丽翼开
文字便凝成晶体
让我看清　通往诗园的路径

南飞的鸿雁

苦觅的眸中
云里的雁鸣很响很亮
有着金属的硬度
尽心合力
用身体描出人字队列
在风雨的夹缝中穿越

在这个甜软凄迷的生活岁月
穿着　芦苇一样朴素的衣裳
听命于代代相传的飞行指向
用生命之力把梦高悬在云间

面对一切　已知和未知的险境
把目光聚集　心在风声中裹紧
太阳就是罗盘用翅尖支起希望
吐去苦涩　雁声溢出咸润润的香

当雏雁把父母的肩膀当成林中的枝杈
再教授歌唱和飞翔的功课
在坚韧的托举中　成长为新生代的队伍
让雁巢绽放成不凋的花朵

月畔听风

有月无风　铺天盖地的月色
白如唐诗中叙述的某一场雪
千古流传中的那扇窗子
以及远方的故乡
让迈出的脚步　踌躇不安

倚着月光　重新翻开记忆中
李白的诗行
把在异乡的感叹
与我的心情细细地对接
以散步的形式归结于当下
这个又黑又白的夜晚

此刻的心绪　无须用口哨遮挡
远在江南小城的我
以及这座城市
在黄昏时挥发出的喧闹和酒香
用一种仰望之状
向中秋的明月捧出自己的情感

满身月色　走向无影的那条江岸
想起古人骑驴访梅　而我没有驴
便省略了穿行于城郭之中的犹豫
用踏实可靠的跫音　踩着月色前行
倾听　一个思念驭风而来的喘息

老照片

一棵记忆之树　扎根在日历之中
每当看到花开叶落
想起往事中那些缤纷的情节
模糊的年龄
就会像四季花一样
在混沌的目光里鲜亮起来

树叶颜色不同　随手摘片尝尝
甜中带苦　涩里有酸
一根枯枝告诉我
岁月的脚步很快很大　一不留心
它便驮着你　走进花甲之年

从未盛开过大红大紫的花
只有那些普通的风雨歇脚
偶尔闻到　一些悲喜的味道
在树梢上　黄昏的玄色升起
让看不清的事物愈行　愈远

疲惫时靠着树身歇息
随意翻看身后的树叶
顺着叶脉的走向
也许能遇上当年走失的初恋
一旦想起雨季不会再来
便会悄悄地在无人之处
细心倾听　叶子里蕴藏的那片水声

村景一瞥

秋风渐浓　摇起一塘荷花
夕阳被荷尖戳破　将水面尽染
圈圈扩展的涟漪
将你的目光灌醉
让那午后的一声长叹
将心事让金光碎银的水波分解

不忍在水中　看见自己的素颜
弯腰将路边的野菊插在发间
用足尖将多年的婉约情怨
踏出一行水印
滋润墙边　满是青苔的日子

村头坡上　一个伫望守口如瓶
蝉鸣远去　秋的黄昏如此宁静
一条长长的炊烟　将含情的眼神
高高地挂在天幕之上
没有归雁的消息　却把自己忘却

当年写在枫叶上的诗行
如今已在镜框里风干
书中的文字被夜露浸透
滴落在不眠的床头
乍响的铃声
让急促的心踉跄了韵脚
一句问候　驱散了所有的抱怨

再祭“九一八”

曾经的伤痛仍在阵发
正如黄河永远不老一样
铁与火的画面
虽已埋在废墟之下
但无数的爱恨恩仇长成了老树生芽

课堂里　阵阵清朗的读书声
随风飘过这一片肥沃的原野
孩子们也许不知道
在自己尽情欢笑和奔跑的土地下
层积着祖辈们血色的坚韧
和无数子弹洞穿的呼叫

安居房的建设工地上
挖掘机挖出了一堆堆生锈的弹壳
小伙用它吹出了悠扬的哨声
这声音冲破时空
与当年灼热的炮声相连
他不知道娱乐的器具与杀人的武器之间
距离是多么残酷血腥和相连

再祭“九一八”　让自己的孩子
真真切切地看清它
真正地认识祖国和自己　实实在在地抚摸
铭刻在山河上的道道血痕
才能深刻地理解肩上责任的分量

“九一八”永远是个钟声不断的日子
记住生日那样记住这一天
让记忆　如同长城雄踞的山峦
让感恩　如同黄河起伏的涛浪
因为　只有死死地记住它
才能永远地确保　千秋万代
不会再有　那不忍回首的国殇

芦花开满河岸

伟岸的团队　昂然挺立在
那蜿蜒的河岸　水面如镜
四处弥漫着泥土和青草的气息
如同清晨灰白的雾气

这么大片大片　盛放的芦花
笼罩成河岸的颜色
让风声绝迹　哺育起秋天特有的宁静
陶醉在憧憬之中　抬头望天
风轻云淡　被夜色在寂寥之处浇灭的
必然会在阳光下辽阔

满目清秀　任一浪一浪的情愫淹没
用心默诵的秋日诗行
走过石桥　此时就在青绿枝间
除去那　空中飞掠而过的雁鸣
还有何处供我与岁月一诉衷肠
远走他乡的歌声　无法让人向往

黄昏时分　夕阳在芦花的涛声中滚动
因摇曳而妩媚生动起来
望断天涯的孤独
源自这片风景而悄然搁浅
即便有着铁石心肠
也会在这片燃烧的火把中
让那思乡的情怀　因温暖而发光发烫

萤火虫

在密植的林莽间
用梦境载着生命中所有的阳光
飞越自己的黑夜
让一个声音在内心凝聚
在风中的追寻里
箫声般如丝如缕

翅翼上的气流　涂满橙色
孤单而蓬勃　在小草之上
在树叶之间　宁静的森林
衬托起生命的情韵
磷火般地旋舞
优雅地洞穿寂寞的无声

夜风因你而起
空气里升腾出另一种风采
山峦上流动的月色
让所有的孤独沉淀为泥
只要拥有一颗明亮的心
再黑的夜
都可以成为照耀生活的风景

直面岁月

直面岁月　不是件容易的事情
没有一个健康的身心
便会被岁月真实的面容
把自己吓得无处藏身

第一次看岁月开花
那年我才十五岁　在桃花林里
如今回首　我已不由自主
披上了耳顺之风
岁月像一艘渡船　一程程地把我
送到满目秋色的花甲之年

也想背对岁月
站成一株躲避阳光的老柳
任身后的流水
在日历的糙石上打磨
让老屋的墙缝上长出小草
随野花开放　铺就一地寂寞

然而是人　心中就总会有梦
梦里有诗　诗里会伸出手来
扶我站立　直面眼前的生活
指看春去秋来　花开花落
以笑为景　与夕阳和晚霞牵手
让呼吸　因为舒畅而心平气和

枫林湾水库

夕阳终于坠落
在水面上溅起浓重的烟雾
一叶小小的扁舟
义无反顾　划浪而行
将霭障　撞开一个破洞
月色倾泻而来

清水如镜　不动声色地造化出
另一个夜空
星斗如沙　交映着时间
偶尔有惊声划过
以光速将天机泄露
是谁的力量
推动着星象
吞吐着洪荒

一只硕大的水盆
高悬在村庄之上
脚下有上万亩
见水就长的庄稼
暴躁的旱情转身而走
只是留下这片绿水青山
有呼唤升腾剪出
一条弯曲澄亮的弧线
岸已不是岸了　有歌声泛起
在渔舟上　像情侣一般唱晚

别样的秋阳

最灿烂的桂花
总是在秋风的响嗝中苏醒
露出笑靥　用泥土孕出芬芳
用金色的阳光修饰花色

那溢出墙外的笑声
是秋阳　熏蒸出的桂花露
晶莹透亮
随风而起的桂花舞
令窗角闭目的琴声睁眼
让辛苦而归的劳者
隔一帘遐想而幽梦

季节之左　花开万点黄
三秋之右　飘出天际香
放在一页素朴的云上
艳艳地流动　呈团圆之状
桂林中的饮者　杯盏翻转
恍见乡间天香　举手挥揽
空荡的袖间　秋风荡漾

这片桂树　身高不过及墙
方圆数里　全都披着它的目光
耕者园中长出的身世是仲秋之季
别样的阳光是醉意之河
全身的流向

山河有光阴

溪水有波　需要一只竹筏
前来迎风安抚　一本翻开的秋天
在竹篙点水之间
蕴含起天机无限
一如远方的天华山
需要桂花一般的山里姑娘
用翠绿的山歌　敲开青铜一样的伟岸

一茬青草　一季茁壮的庄稼
在种瓜点豆的农历里
我把日出日落的光阴缠在农具上
为久久企盼的收成缠上金黄
羊群的蹄声　在草坡上蔓延
将故乡的风线　慢慢抬高
捅漏出丝丝秋雨　淋湿了炊烟

流逝的岁月将目光从醉意中摇醒
让夜色盛放起我和梯田
一把旧伞　简写出烟雨中的村庄
溪水把奔跑的足迹深埋在地下
云再厚　也盖不住山顶上的松叶
风再大　也吹不灭窗里的灯光
我是个人生中的旅者
记忆里唯一的财富
是不忘初心的回望

听歌

当歌声　向拐角处飘远
告别的气氛
便无法回避了　转身之际
不忍回眸　此时的泪水
已将唇边的话语席卷而去

一首歌　在至美的节点处泛滥
让记忆的潮水漫堤
再壮实的内心也无力承受
只有随着和声　顺流而行
让奔腾的涛声将思念载走

请原谅　我是个路过的旅者
只是与这首歌　在异乡邂逅
我的感动　惊飞了这里原有的
无动于衷　让久违的旋律盘旋成
雁翅栖息的云朵　停留在半空

多年以来　我已备下水囊和烈酒
以诗为马　驰骋在梦中的草原
只为追上鸿雁的倒影
到达最初和最后的那个传说
用一声放歌让祝福的雪落下
没有一缕回声

做一棵树

走了大半个人生　累了
累了就该好好地歇歇
实实在在地做　一棵树
坐阅　心中想看的风景

把最后那枚足迹送给风
换它拂去　眼角残存的阴霾
仅留下一声鸟鸣
以及　那根挺直的背影

人们都说　站得高看得远
走近　所看的全是细节
远望　才能把握宏观全局
美产生于距离之间
凡事更不可件件都贴在眼前

有心之时　就去潜心琢磨
大地上　玄妙的繁花季节
有闲之余　就探出几根枝叶
去搅动　云卷云舒间的风雨
直到身上　一丝不挂的孤冷
在一地诗句　凝成的月色里
如片旋落的秋叶　静眠而去

芦溪岸边飘飞的小曲

夏风远去　芦溪的浪花
在一个巨大的下午里
安静了下来　溪水缓慢
柔顺而净洁　水草在摇曳的
梦中舞蹈　养精蓄锐的水牛
在草坡上咀嚼　鹭鸣声声
像报信的蝴蝶　引领放学的欢笑
沿着小径回到村庄

撑着竹篙　将小船送至对岸
对岸是一个景区　是歌声
是汗水热切而骚动的人流
而我　只是个孤独的渡者
正在自由地观看　自由的鱼
突然跃出水面　又快乐地跌落

夕阳　在竹林的额顶上滑过
灯光升起　光晕随着炊烟而去
将目光展开　便闻到了道观中
空泛的鼓声　声声敲落黄昏的寂寞
依着香炉中的点点残红
正把一轮清月　用力推上崖尖
夜鸟瞅瞅　如片片古朴的扇面
扇动起山涧　越来越旺的风声

秋雨如丝

秋雨如丝　从田间归来的老牛
用蹄声拍打着心情
清凉如注　弯弯的村道
弥漫起　晚稻成熟的气息

墙边　几株喷香的金桂
依仗着农历八月的气势
尽情地发表　压抑多日的话语
让那些曾经不屑的眼神
在芬芳中沉默无语

村口的老枫树　正在沐浴
用清凉的雨水　洗去夏日残留的尘迹
雨后夕阳再起
庇护着小小山村的老祖宗
喜滋滋地重披妩媚的外衣

抹一把眉间的雨水
擦亮泛黄的记忆　我无法与花相比
因为劳作汗味深重
更不能与树比　人哪有那么长的性命
秋雨啊秋雨　你心照不宣地提醒
让我这团铁石心肠
也在柔情的慰藉中　泡软生绿

红军上清会师旧址

这是一片普通的沙洲河滩
在当年的江南
这样的地貌到处可寻
清贫的河边　�既石生长不出一粒稻谷
古樟的枝头悬挂着饥饿
低矮的茅屋进出的
只能是些饥寒交迫的劳者

当年　两面旗帜
在这里轰轰烈烈地交会
从此　这个地名便蘸着
血火与硝烟　写下了自己
有史以来第一页红色春秋

他们坚信
用镰刀与铁锤交织铺展的信念
不会因为穿着草鞋而停下
他们紧捂着滚烫的誓言
深一脚浅一脚地
在历史的风雨中越走越红
直到镰刀收割出晴朗的蓝天
直到铁锤锻打出新艳的山河

八十多个春秋　弹指一挥间
如今　这片土地已是享誉
海外的风景　古镇每日笑迎

八方的来客　只是这片沙洲
却在沉默中　抬头仰望星空
静观岁月的山河　花开花落

红军标语

老屋古旧　但那一行字迹却
宛然如新　蘸满豪气的笔画
入墙三分　横撇竖捺勾勒出
一个迎风飘扬的　红色信仰

屋檐上　被焚烧的痕迹作证
砖瓦中　以清晰的弹洞评注
那时脚下　已没有一分一寸
让自己立足的土地　剩下的
只有手中的笔和滚烫的刀枪

惊心动魄的笔画　描绘出
前仆后继的拼杀　坚定的誓言
穿行在茫茫草原和雪山
有名的和无名的骸骨
让那些明亮的文字
在岁月的风雨里
发出钢质的光芒和群山的回响

大山深处　老屋成了历史的驿站
空洞的窗棂　诉说和重现当年的场景
那才气纵横豪情奔放的笔锋
牵引着八十年后拜谒者的目光
汹涌起心潮和舒展的向往

桂花醒了

把沉闷的疲惫长呼出去
把目光搁在山顶上　静候
那个忽隐忽现的黎明到来

一粒红丹刚刚跃起
便被山尖挑破　阳光一泻千里
满地的香气为我铺成道路
我知道　我的桂树醒了

金桂花开　朝家生长的视线
注满了汗珠和泪水
让足迹更为湿重　山风吹过的方向
梯田饱满　乡音的翅膀载着呼唤
让我的乳名顿时生香

金桂花开　我的身影跑在牛羊的前面
笑声倒在花蕊里
怀中的山歌滑落　在溪水中间飘荡
斟满杯杯亲情仰天而尽
让经历的风雨　化为一炷炊烟

挂在梦中的花朵

我的梦　本来空间就不大
这朵花就占据在最佳地方
通风明亮　冬暖夏凉

菊花一样的风
携着她那笑意灿烂的雀斑
在四季的袖角上
把鸟鸣当成闹钟
在镶边的画框里
用不同寻常的芬芳
与我的目光相望

这不食人间烟火的花朵
满脸是　山涧潺潺的秋水
在雾里雾外　盈盈一握的
刹那间　万千飘飞的遐想
就此成为　浓淡适度的相思
以蝶飞的速度　融化为心事

梦中盛开的花朵
在不厚的余生里
像一个花叶编制的记忆
以优雅的姿势叙述着
我的秋天　把尚有温暖的岁月
悄悄地挂在眼角眉梢
让所有的相见　在惊觉中动容

问道天师府

我是求水的旅人　来自远方
把渴望拴在你那扇
发音低沉的门启声上

穿过秋阳和香火　我看见
晨风　在灵泉井中粼粼涌动
看见　一曲道音从井口跃出
又清亮地翔落在回廊之中

足音　泊在晨钟的余声里
仰望　构成一个道字的笔画
让那苍劲的笔力　挑起心底
那些悲喜的心事　用水倾诉

长长的甬道　平直而洁净
留不住欲说还休的话语
阳光在瓦面上的光焰
也是清凉的
如古樟上细细的长风

上善若水　一句箴言的身后
见有人身穿一袭月光缝制的青衫
独行在千年老镇的街口
圆月升起　把自己飘逸的身影
化为云天间一声　悠悠的鹤唱

一把长命锁

旧屋墙角的樟木箱老了
日子的糙掌　已把它的本色
擦拭得白净透亮
比它更老的那把长命锁
躺在箱底　一睡便是百年

一块银器　像初一的月亮一样弯曲
上面睡满了夜云一样的污渍
捧在手上
风　拂散了几代人的体温
残存的亮色　如一洼雨水
让所有的目光　绕道而行

再美好的祝福　也抵不过
一个热得发烫的网络游戏
没有一个适龄的颈项甘心
带它去趟肯德基
当年庇护命运的银锁
如今却跌进了
冷眼相看　身不由己的境地

默默地把长命锁挂在胸前
我想　在一个风吹不到的地方
肯定会有一盏灯　独守远望
记忆中的点点光亮
映照出岁月的深浅
在月圆的时刻
传递着　祖辈们欣慰的笑脸

子夜听钟

时间踩响了钟声
从心的边缘划过
薄得像池塘里初凝的一层冰
在月色里亮出刃锋

那光亮里　有梨花初绽的灿烂
驿站空寂的窗外
传来　那蹄声碎霜的寒意

黑夜深沉　醒着的听觉
是此时唯一的风景
有星子翔落　短暂的意义
惊扰起　一声悠长的雁鸣

子夜的钟声　让黑夜更黑
逼着衰老的耳朵　摸黑前行
所有的残缺和悲苦
全被风卷走
留一根傲骨紧贴墙壁
在此刻　显现出谦卑和镇定

在黑暗中寻觅光明
在心里浪迹自己的天涯
在黎明处转身
去寻找那崭新的自己

用目光重走那条路

摘一束十月的阳光　照我
在中国地图上　用笔画出
一条血色的红线　再用目光
重走一遍　那长长的路程

这条路很长很长
足足有二万五千里
它始于黑夜里失去土地的呐喊
洞穿过崇山峻岭中的枪林弹雨
它擎着残破的旗帜　越过雪山草地
在世界的惊叹声中　浩荡出一个奇迹

长长的路上　走着长长的队伍
这支队伍　脚穿草鞋头戴斗笠
路边的草丛　载满了牺牲者的身影
不屈不挠的歌声在枪刺上
化成了闪烁在北斗身旁的星群

在十月的长风中　我把这张地图
用浓彩　细心地拓印在我厚重的记忆里
在每个失去路标的清晨
用它指引　看一轮赤色的朝阳
是怎样从纪念碑顶上　蓬勃跃起

灯盏

当夜披上黑纱　所有的故事
走进山村便不见了
唯有窗口那闪烁的灯火
像是夕阳跌落的碎片
仍然倔强地照耀着目光里的花朵

不断从岭背吹来的山风
不止一次地企图摁灭亮光
每当这寒气弥漫的时候
一些遥远而孤寂的事情
便会围坐在这温暖的灯盏的周围
互相握持着彼此的手
为寻常和满是泥味的生活
而难以入眠

那位在灯旁缝补衣裳的老妇
是我的前辈或是祖先
正在一心一意地拉扯着思念的距离
细腻而不动声色　竹叶上的露滴
迟迟不肯坠落　那晶莹透亮的样子
最像农人甘心扬出的汗水
不是出于歌唱　而是对归来脚步的守望

边走边看

打开秋天这本书　每一页上的
风声都是香的　在稻叶深处
生命的色泽　已经走进成熟
此时　最适宜赤足在泥埂上信步

收伞伫立　在湿风里观望梯田
一个稻浪翻过的时候
镰刀的声音便急不可耐
饱满的细节充满着激情
而辛劳贯穿始终

已回忆不起　父亲当年站在这里的表情
但知道每年的秋季
在把农人们背上的每一层汗渍烘干之后
便又会留下忐忑的期待

不测的风云里
很多事情只能是边走边看
生命的过程难以预料
结局无法剪辑
只能沉默在心底
如同岁月
缓缓地在劳动中越走越远

秋夜里的吟唱

瘦长的芦苇　仰立在路旁
绒白绒白的花　在夜风中
用摇曳的呼喊　拉扯我的衣裳
为什么因为有情　就要变老

被他人的期望　重压而弯的稻穗
总是表现出传统的礼仪
过往的经历　已凝固为圆润的结局
成为无法直立的谦卑

秋水　因体温的缘故走向冬季
所有的花色都已敞开
可以预见霜雪占领后的种种可能
果实一样　有意忽略滋味中的隐秘

一坛多年未启的老酒
被丹桂的芬芳抢了先机
秋风穷尽工笔涂抹在没有鼾声的梦里
用它一闪而过的指法　为子夜挠痒

红柿如花

一片柿果　挂在十月的高处
像一盏盏红灯笼
厚积薄发的色彩
被阳光擦亮　闪烁着柔美的诱惑

温和而无言　四周却有目光的回声
记忆里的甜蜜弥漫
把异乡的思念馋成　一个个圆圆的失眠

曾经的秋天　我沿着红柿
亲切可人的名字
偷偷地上树　甜汁透香的衣袋里
沾满了　树主人动怒的斥声

随后的日子里
我常陶醉在柿树的高处
握紧回忆中小小的快乐
把梦揉搓成红柿的模样
映照来日的生活

阅读秋天

站在窗前　目光披挂起
小城里的　一片阳光
在起伏有致的山峦间
一个声音　从心底爬出
箫声般游过　如丝如缕

呼吸中的气流　如歌声
飞出窗外　在河流之上
护佑着　目光稀疏的羽毛
旋舞的姿势孤单而蓬勃
云朵般饱满起腾跃的心情

秋日宁静的幽谷
水青色的风把我消融
更快地穿越野花丛中　庄周以蝶形起舞
东篱菊开　陶潜饮尽杯中诗句
天高水远　悠然于清梦的岸边

阅读秋天　领悟着另一种风采
史书里的墨香优雅地将我降服
再委托给那山岗明月
成为　秋天里的一处小小风景
静听季节　碾过年龄的阵阵回声

倒影

一支山歌　乐滋滋地
骑着秋风　滑翔而来
站在溪边　落地生根
变成了一排　野黄菊

在深深浅浅的秋水边
轻漾溢出的那一阵阵芬芳
引得如梭的小鱼悄悄潜来
在明媚如画的倒影里
搅出一波波微香

朵朵野菊　蕊黄的色彩充分
一只红蜻蜓　愉快地牵引起
我返璞的目光
在倒影的缝隙处顺飞倒行
如同一个穿插的午梦
有了无比的欢畅

不知不觉　便迷恋上这种
拂来拂去的感觉
飘飞的心绪　被阳光抹上了一层
羽毛拭心的柔美　流水愈急
倒影愈长　而醉意中的心事
在文字隐喻的花瓣上
闪出繁星映夜那般的　点点灵光

命运的预言

将三指　祖传的秘诀
搭按在我左腕的脉处
受惊的语气　把结果咽下
半天也不开口

如此场景　也许演练了
无数次　并非缘于巧合
所有的沉默
都无法找到注解的去处
只能坐等　那些带毒的心火
一路杀将而来　无药可救

岁月　是一首轮转的歌谣
山河壮丽　不再以血肉为生
花色的巧语逐渐无疾而终
一地散落的那些悲怆唱词
就让这场秋雨细细清点善后

回忆中有道锋利的忧伤

人一老　就成了一棵树
而回忆　就是一直在吹的风
从地面旋舞到树梢
然后再蔓延到更远的过往

秋雨过后　每一片叶子湿润而洁净
在夕阳的擦拭下
全都伸张着感恩的叶脉
而在北风锋刃的背面
还未愈合的忧伤
如写满隐秘的纸片　在背阳处飞扬

最疼我的季节　已走向遥远
此时　谁能来重复曾经的细节
秋风任性而起　在所能到达的地方
把痛楚未息的悲欢捞起水面
成为一帧让人心疼的风景

种植我的人　给了我所有想要的幸福
却让自己变成树下的泥土
每当秋风泛起　叶面就会弥漫起
温暖的唠叨和气息
这时我必须把双眼紧紧地闭上
必须把泪水转向暗处
用所有嗅觉里的力量
在风声中　寻觅那记忆中的泥香

最后的红叶

就这样　顺沿着根根叶脉
把柔弱的身体蓬勃地展开
尽自己的所能　把深藏的初心
张扬在清冽渐盛的雨中
发出火烧云般的色彩

知道华年将逝　季节的轨道
就要把自己带向遥远
表情阴凉而平静
红红的脸贴在雨珠上
目光沿着秋风画出的
虚线伸展　用飘扬的姿势沉默
静候鸟儿的报站声响

生于泥土　最终归宿仍然是土
这片风景　不会再有叶的记忆
毫无惧色的动静　倔强的叶尖
被露水压弯　又被阳光悄悄扶起
一片红叶　要用多重的灵魂承担
没有结语　只有一种意义在继续

秋色的最低处

秋色如水　在不知不觉中
悄悄流走　把背阳的那片
低地捂暖　长满青苔的石头
以一种孤独而执着的野性
好奇地猜想　能否与这阵
一丝不挂的秋风　迎面相合

斑鸠　在草地上咕咕地叫着
用换下的羽毛与落叶交流
一只落单的蚂蚁
背负着虫形的猎物
艰辛地向家的方向移动
旧工棚的小窗里
一个女人的目光　在擦拭玻璃
期待把昨日的风景　重新回放

把秋色搅乱的　是一阵失音的琴声
惹恼的蜜蜂纷至沓来
把午睡的野菊　惊得芳香一片
红包飞舞　茶楼里的牌局正酣
悄悄地沿着边线　我与热闹擦肩而过
把殚精竭虑的诗行捧在手里
让秋阳滴漏的余温
把沾有汗渍的文字　逐个烘干

心情里的阳光

风雨过后　挨过寒潮的鸟儿们
又在窗栅上
叽叽喳喳地争吵起来
阳光　因尖锐而闪耀着
光芒　穿过厚重的云层
飞溅下来　在江面上激起
一道道　鱼鳞般的闪烁

心情好的时候
常常会分不清阳光和谷场上稻粒的颜色
到底有哪些不同
就像年老的时候
分不清曾经的悲苦和当下的幸福
笑意和有露的花朵
混在一起　在对视中融合

将笔从手中放下并没有妨碍心情
阳光如此的明媚
足以让　许多快乐踮起脚尖
一声柔柔的鸟鸣
便可取代一段诗句　立在愉悦的枝头
把余下的纠结晾干
成为一件　日常生活里的新衣裳

走进秋天

枫树　用自己生命的原色
将脚下　那片广袤的森林
一分为二　沉睡未醒的叶子们
习惯地等待唤醒

今日天气的大局　已定
云边深处　不舍离去的月亮
睁着那只清冷的大眼睛
望着红叶　与星星抱团取暖

每当这时　季节便无语相看
远处　鸟鸣沿着秋风的脚印
随着炊烟一同升起
让所有的相约　在阳光里如期而至

擦去　镰刃上最后一片霜花
灌满谷酒的那只锡壶已干
去溪边洗去泥渍和汗味
清爽会让人　面对劳作而自我欣慰

走进这片　与年龄匹配的风景
使尘沙迷蒙的眼睛　顿生炯明
老远看见　迎亲的唢呐在山道蜿蜒
大红曲调是《好梦成真》

天华山的竹海

我把疲惫的心栖息
在你　竹海的浪尖
让竹梢上　经过的阵阵清风
轻轻地拂去翅羽上　那所有的汗滴

自从有了飞翔的渴望
你便鼓荡起翠绿的竹浪
托举起　我向往的目光
在蓝天白云上凌空瞭望

我知道每一次起飞的旋舞
都是一次　奢侈的抵达
你抛举起的努力
把碧绿的竹叶张扬成片片金色的阳光

你用竹海的飞浪鼓励着我
你用细长的竹梢鞭策着我
当我以最后的啸声纵身一跃
你已让手臂上那高举的嘱咐
荡成　岁月里那道清明的指向

泸溪上的月光

流淌了一天的泸溪　睡了
月亮　用自己银色的披纱
轻轻为它盖上　白色的沙洲
沉入静谧的辽阔
像一种暗示　在水纹下时隐时现

天地　以苍茫给这片景色
注入风情万种　秋天的张力
在月光下扩展
风瑟瑟涂抹在竹林的绿叶上
用一幅水墨的色调　带来安详
如梦一般　飘浮在夜空之上

时间的钟声　与我的远眺
擦肩而过　留下铮铮作响的跫声和威仪
掀起阵阵涟漪
推动一股澄澈　浇灌起黎明
田间的稻谷回家了
熟透的果子回家了
春天走失的茶歌也回家了
回到泸溪的竹排上
在传统和现实的光亮里
以一种亲情的团圆　欢聚一堂

观蚁

在尘世的一角　用数不清的辛劳
打造出属于自己的王国
在小小的天地之间
进进出出　积蓄着希望
以及那些不知疲惫的奔跑

在坚如硬石的蚁穴中轮回
羸弱而瘦小的身躯
也是血性的汉子　善良而又无畏
心中也有爱和回忆
却从不浪费语言
把所有的情感全都化成团队的行动
把信任　看成相互命运的内容

不被注目的土坡
安藏了无数个卑微而忠诚的精灵
而那些　不为人知的种种牺牲和劳作
被注定的命运悄悄地　留在水里洒在风间

注视久了　心里便坚定起信念
便会相信　那些奔忙在落日里
清贫如洗的身影
也会拥有着和我一样的笑靥
也有着如石的情仇
也能在风雨霜雪的背后

尽情地享受阳光的温暖和生动
让所有的感恩　在这片土地上
用劳动换来尊严　从而代代繁荣

观瀑

也许　是对视得太久了
年复一年　我的目光
已与你相融一体
成为某个章节中的激情一跃

我的心跳里
已铭刻下你
在不同季节中的不同姿势
并掌握着你　昼夜有异的量差和脉动

不会忘记　当初相见的时刻
你用愤怒和不屑来迎接我
像决堤的洪峰
又像一座无声无息的雕塑

后来　你在深秋的黎明里拥抱了我
浪涛冲走我的手足无措
洁净如月的水滴
把凌乱的足迹　浇灌成花朵

如今我老了　而你仍是这样
朝气蓬勃执着地腾飞翔落
催我用诗发声　促我开心快乐
陪我在无人处　面向夕阳高歌

大南门

大南门　一声柔长的乡音
如一根念旧的线头
把心底的情愫挑起
让回想成为一枚光亮的针
把已断却的记忆
缝合成当年的模样

纯朴的读音　铿锵有韵
脆声当中　有血的印迹
除了显现亲情之外
我与这座小城的藕断丝连
也如针线　一直贯穿其中

不大的门洞　是岁月的关口
走出去　便是个曾经的少年
沿着鸡公车　爬坡时艰难地呻吟
看见洗衣妇提的竹篮里
装满了晨雾　便知道不用多久
小城的故事　就会在那竹竿上
湿淋淋地　一件件地晾晒出来

大南门　是静观故乡变迁的一只眼
县志上记载的风雨
在这里来来往往　出出进进
斗转星移　我穷尽一生的诗篇

也赎不回那个已经走失的码头
如今我　遥望祈祷的这片回望
其实已是　没有可以降落的地方

带个秋天回家

以晨阳为指向　驭歌一路
在乡亲们的目光里出现
枫叶撒落露珠　亲切地叩问
拂净了　异乡奔波的尘埃

山风　像童年时的玩伴
推推搡搡地催我进村
走在新铺的水泥路面上
回家的足声轻盈而舒坦

山上的竹尖　拨来大朵云团
为我遮挡　热情怒放的骄阳
金桂飘香　熏醉了山雀的歌唱
芭蕉如扇　催促炉灶点火做饭

夕阳西下　家家灯火映照星光
牌桌上的喧闹驱走了风的窥看
蹲坐在　屋檐下的青石台阶上
与见多识广的酒哥　聊聊家常

远方的你

第一场雾　在天地之间
载歌载舞　以一道白幕的身段
站立在我的窗前
渴望这场雾能联结远方的你
覆盖相距中的无能为力

公园里的赣剧唱声透显出菊花的气息
在人们头顶上飘飘摇摇
提醒目光们仰望一个崭新冬季
诞生的过程
不能再推迟对你的遥想了
毕竟不是一颗果
无助地在枝头上默默冻伤　投奔而去
我要在北风的啸声中历练
洞穿雾障　在南山脚下安眠

远方的你　因雾而出门展望
我在最后的诗句里
看到了你发来的短信
世象因此明晰而亲切　不再让一个笑脸
因战争的烈焰而离别
在这个冬天　让所有的问候都能在
一个温暖的屋檐下
静静等待　有个叫和平的人
飞越千山万水　踏浪破雾而来

临摹龙虎山

秋天的泸溪如玉
据说一千九百年前的那个黄昏
张道陵就是从这里涉水上岸
在那道壁崖下搭起草堂
灵水荡波的两岸
从此一直香火绕山

磬声回响　敲打着龙虎山的每道山涧
日出日落的岁月就那样
以一种符箓的形式
送走每一个黄昏
高悬的道幡被鹭翅拂起　浩荡成风
沿着蜿蜒的山路　直达帝都

上清宫殿檐上的风铃
能把水泊梁山摇醒
正一观的台阶上　铺满了唐宋的月色
盛一杯灵泉圣水
在天师府的千年罗汉松枝上　与天对饮
上清古镇的青石街道　如一条彩带
从史书的深处逶迤飘来

临摹　也是一种精心的阅读
注视久了　笔尖也会诗兴盎然
就会生发一种冲动
想用足迹在这一片

浓重色彩的山水里
踏出一行诗来
就想在吊脚楼的农家里留宿
在孤窗里捧读明月

迎风而歌

在北风的撞击下
秋天的版面开始破碎了
但秋阳的温暖仍在延续
每年的这个时候　总有一些花儿
以各自的色彩　回到目光中来
而我理解　它们绽放的理由

我是一棵树　正在跟自己的影子肌肤相靠
我们互相感化
让生命的形式变得触手可及
像一部老旧的影片
在无人的原野以黑白的技法
从易逝的事物中　搜寻秋天留下的碎片
为御寒的日子　留下温暖的希望

迎风而歌　为所有的坚持代言
风越大越好　把歌声传向四面八方
以一种感动的姿势
把朝阳的窗户打开　在所有的地方
让蓬勃的生机全都呈现
把脚插进土里　把手伸进云中
脊背挺直就能成就苦难的担当
雪阵的轰鸣　已在不远处逼近
谁能坚持　谁就是奇迹的风光

枫树林

没有看见燃烧
可火焰却在目光中熊熊闪耀
映红的思绪
像那轮夕阳　成为一生的念想

在渐劲的风中
真想描绘出你的形状
而你却将我此刻的心迹
挂在枝上　像一面旗幡
展示　不为人知的向往

白云　连接起有雪的季节
在这个人人隐蔽的时刻
你把所有的叶子开成花朵
用别样的阳光
把清冷的日子温暖　用无声的浩荡
让行进的岁月　悲壮而嘹亮

站在你的面前　广阔的天空
都在一刹那缩小
一枚红叶便容纳我所有的缠绵
人生不知有多少相逢
而眼下的场景　对我一次便会泪流成行

山水里有光阴

枫叶含露　需要阳光来爱抚
秋风用尽气力
翻开季节的天书
在道观的钟声里　暗藏玄机
一如　泸溪浪纹般的山歌
才能打开　丹桂芬芳的面容

花伞上山　牛哞声醉卧在炊烟里
祠堂屋檐上的风铃摆动
晃出阴雨连绵的日子
相映着　一长摊芦花的心事
竹筏拍水　绕行在丹崖碧水
摘一枝含羞草　插在斗笠上
让路人的镜头　留作个念想

秋天一短　而冬季便会漫长
龙虎山的雾线　已开始弥漫
窗外　一场秋雨素描着泸溪
窗内　炭火上尽是热辣的肉香
光阴在山水中行走　木门开启
一阵北风　便将立冬的跫声摇响

倾听冬雨

在北风的伴奏下
开始了这场　毫无惧色的首秀
以时尚的飘姿　节奏明快
就像一些快乐　不得不说
将一次世人注目的　寒潮
演绎成一场痛快淋漓的宣泄

再美的雨落在地上
也只能是水　成为冲洗秋燥的物品
把手伸出窗外　呼啸而来的气流
护佑着厚茧毕现的掌纹
让冬天的感觉　从记忆中苏醒
如游离若现的箫声　如丝如缕

身着厚衣加之有伞
自然可以悠然倾听　倾听水中急促的脚步
倾听雨帘里焦急的呼吸
倾听在风中老去的年龄
是如何为劳作的收获　而付出一段生命

虽不是雪　雨丝里却有了冬的气息
最能让困意清晰流畅
在目光里一闪而过
化成一个阳光普照的画面
在唯一没有湿寒的梦里　完整地浮现出来

雨夜里的咖啡

雨夜　独一盏灯亮着
照耀着杯里　热腾腾的
好奇　把一知半解的
舌尖　烫得声声喊痛

异乡的滋味　浓郁的
与窗外的黑暗相同
抿口在喉
让生疏的苦与甜
混合成一种印象
从而想象起
在天涯海角处
那双把辛劳磨成厚茧的手

杯空人静　一缕余香
小心翼翼地探出头来
等待着一股热浪
再次倾泻而来
时针仍在劳作中奔走
漆黑的雨夜
有只握笔的手
正把杯子倒扣在梦的天空
渴望依样画出一个
圆圆的盼头

黄昏里的雨滴

夕阳　被秋风扫落之后
眼前飘飞的思绪
像刚读完一本小说
然后陷入湿淋淋的回味之中

所有的情节　如同窗上的流水
在断断续续地重复
我　如同农事拖疲的老汉
只是身边缺把锋利的锄头

回忆　是从心底里扯出的柔软丝绸
经过东拉西扯
从情感的深处　向外铺展
隐显的掌印上　有花的影子

伞与伞的碰撞下　有笑声蹦出
一群男女拍打着
从国外带回的故事　小店门前
几个劳工在抖落肩上的寒风

日暮途穷　目光在夜色里
无路可走　捧着一碗方便面
先把饥饿赶走　然后为那些
时冷时热的文字　寻得个暖处

立冬从家乡走过

久立在　老家祠堂的门口
仰看一株老枫树
是如何将走散的夕阳　一一收藏
大青石旁　那小小的山瀑
把胸襟　溅得点点水光

立冬抱着云朵　从峰尖上翔落
沿着村后　山脊的走向
把一层硕大的白纱
笼罩在红灯初发的洞房
让强忍的笑声
在满是月色的溪中流淌

立冬　从小村的谷场上走过
爬上稻香弥漫的草垛
把那些古老的山歌甩向山外
汇聚成新的风声
最终成为广场舞的旋律
女人们耳熟能详的伙伴

立冬　从小村的灯火丛中走过
将屋檐下的串串辣椒
摇成一面面飘飞的红叶
铺满农家小院
烘暖了梦里故乡的谣曲
将一个节气燃成炬火
照亮炊烟

紫竹梅

生长在农家小院　把命之根
与脚下的土地　合为一体
凝聚成一个　与泥土一样的名字
在阳光里绽放一面
小小的旗帜　与鲜血同色

从此　风雨始终吹打不断
你那纤细而不移的坚定
日出　你随炊烟一同苏醒
日落　你的遐想与月光为邻

居于阳光之下　能看见各种日子
如核桃一般长出裂纹
一生无人慰藉　只有秋露
在黎明的空闲　洒上几滴体温

笑容有多艳　孤苦就有多远
生活　在平凡和清贫中行进
知足而快乐　是你认定的意义
因为你知道　还有许许多多的生命
比你的天高　比你的水深

梦里的第一朵雪花

不必为一次别离而伤心流泪
秋天的背影　已变成一山的红叶
何况连人都有着生死
而季节的更替　为何不能承受

把告别的礼节　折叠在目光里
让清冷的北风　将注定的结局打开
是云规划了所有的词句
就用前行的跫音　一一诵读

迟疑的笔迹　已被月亮一眼看穿
窗外　有不明身份的猫声走过
失眠　开始在沉默的边缘处塌陷
一场雨　又怎能洗尽零乱的心境

把梦紧紧裹起　这一切都源自
飘扬的第一朵雪
不是去年的那朵　是冬天特意为你量身定制
没有芳香　却让你的回忆一波三折

雪花飘飞在梦里　因晶莹而饱满
所有的痛和苦　还有游离不定的相思和乡愁
都在梦中溢出流淌
而雪花不仅是个慰藉　也是种声音
是催促　更是命中注定的一个醒悟

虎踪

在有雪无月的　夜晚
一个威风八面的影子
四平八稳地走来
雪花惊悚地避开余威尚在的足迹
寒风不遗余力地
把另一种火焰拂旺　铺满
目光　抛射到的每个角落

没有一声啸叫　万物肃静
冰冷透明的时间从耳尖上滴落
与雪花混为一团
凝结成山林冬天的风景
蹲在　腾升着雾气的泉边
清点着黑石　想再次重读
祖辈当年　那些威武的情节

但一切还没到转身离别的时候
当子夜与黎明仍在纠缠
当自由和温饱　还在纠缠的时候
在洁白如玉的大地上
你的雄姿　就总是令人忧伤

枪声早已远去
也带走了你莫名的失落
你不屑这种在镜头里　悠闲漫步的温饱
你要寻找　与生俱来向往的自由

沉默也是一种抉择
在风声如刃的深夜
你独自走出这个　布满视线的囚笼
在你的身后　大地在晨阳中醒来
你的目光　就是山林重燃的炬火

向有雪的地方进发

借北风之力　用一只手
把冬天的大门　推开
用跫音　敲响生命之钟
让目光　流动菊花的残香

闷热的孤寂　在云天之上徘徊
长夜的失眠对抗着耐心和毅力
希望仍在固守
并在无叶的枝上　张开手臂

童年的小河　在等待
空阔的梯田　在等待
山间的小路　在等待
枝头的梅苞　在等待
等待着我　脚蹬厚靴在路口
等待雁鸣响起　向雪地进发

让群山　把我行进的状态转发
让寒风　把我所唱的歌谣飞扬
不断延伸的足迹藏匿着故事
掌声流进诗里　点燃我的目光

就这样　尽情地在自己的冬季
踏雪　即便无痕也能拥有欢畅
喊着自己的名字　举起一支笔

沿自由的轨迹　穿行在冬阳里
用清新的呼吸和诗意的雪花
在欢笑中　擦去年龄上的锈斑

古城墙

一声　久远的呐喊轰然倒地
巍峨成一段古城墙
历史将它呵护
风从砖隙里穿过
种子在石缝里悄悄开花

灰白的砖石上
当初的弹洞已经模糊不清
风雨擦去了耸立的身影
刀枪早已收入库中
墙垛上飘扬的只是野花
而不是一面面在风中作响的旌旗

血性斑驳　鞍具闲置成展品
青苔染绿了古墙所有的关节
后来的子孙们
已习惯把白鸽作为宠物
喜欢用和平来护脸
只是偶尔在沸腾的球场
才会激情澎湃地将那首有关城墙的老曲
在同一颜色的泪花中唱响

突来的暴雨

仿佛决心要将最初的
那枝梅蕾击落
如箭的雨线旋转着嘶叫着
把温情的黎明
揉搓成小城街道上的一片汪洋

风来加盟　让直线的雨学会舞蹈
江边雅致的廊桥
在水雾里失去花色
杯中原本热气升腾的情绪
只好钻进网络　躲避去了

突如其来的暴雨
把未能关闭的窗帘泼湿　一个哈欠
忘记了昨天记事簿上的安排
谁能为深深的埋怨
递上一句阳光明媚温暖如春的慰言

天有不测的风云
何况我们还生活在人间
不请自来的暴雨
也是一次苍天心情的倾泻
正如我们夜深时刻触景生情的感动
正如我们久别重逢后的那一次告别

夜行航班

贴着机窗　看窗外汹涌的
气流将我摇晃
像海潮摇晃着一叶小舟
无心招呼着冷雨
思绪被航线拉扯得很长　隐隐地生痛

人生　有时就像拉扯中的面团
在奔波中　沸煮着丝丝的别离
清汤寡水的过程　充斥着乏味
混杂在呼吸里　由此跌入失眠

无色的沉默里　难以看清自己
重复再重复的声音
已塞满了疲惫的脚印
距离不会生锈
月色　掩盖了多少鲜活的希望
在大地和天空中　执着地飘零

夜行的航班　载着各色的梦想
朝既定的黎明飞去
而游梦中的人们
却扛着各自沉重的身世
在茫茫的夜空中　艰难地行进

打开朝南的窗户

到了家里　再猖狂的北风也奈何不得
一个随手的关窗动作
便能将它封喉
随后　踩着一串快意的脚步
把朝南的窗户打开
愉悦的午后　就会把阳光披在肩头

冬天　朝南的窗口是最好的
朋友　把自己站成树的样子
把目光织入　午阳的经纬
再用微笑着色
便能让那些暖棚里的花朵
失去雍容

在泥土之上　在白云之下
朝南的窗户是心情出游的道口
随着阳光奔涌的流向悠然于外
在翩翩起舞的同时倾听灵魂
如钟声一般地倾诉

在冬季朝南的窗口　站得久了
就能领略季节的风采
以一种清凉的韵律　优雅地凿穿沉默
用心跳同步的节奏
将遐想的细节　切换成活灵活现的画面

静候北风

北风尚未真正到来
你触摸的　只是它的足音
你内心调校的琴弦
如颤动的守候　不需多日
它便会顺着音阶的升高
以冬的形象　站在你的面前

自从那片红叶　从你的诗中飘落
就坚定起飞翔的信念
你从落叶中　挑出一双翅膀
在书页里深居简出
把扉页大段的空白　作为练习的天空

躲避寒夜的大雁　已经远去
无风无浪的封面　静物一般
锦绣出　一片天高云淡的身段
你把急不可待的目光
擎成炬火　照亮着北风将临的方向

在配图上那高耸的峰顶
你的身影如固化的雕像　瘦弱而英武
将喜欢的文字镶嵌在双翅的边缘
成为各种音色的鹰哨　静候北风
当风尖挑起新的季节　借力而起
让清晰的啸声在世间　激情回荡

尘世一瞥

蛙声　已被夏季带走
冬晨　才会如此宁静
自己的黎明
靠自己的目光点亮　将天空贴满
与心情对应的　白云自心而动
守口如瓶的心事
烤红了腮边的酒窝

村口的枫树下
一个身影在久久张望
几片红叶落下
掩盖起　长满青苔的日子
一声长叹　将远处的山路压弯
没能将思念中的笑容接回
却把孤独的山歌遗忘
日头朝西山划去　女人老了
而路旁的菊枝　却依旧飘香

南飞的雁鸣　像河边的蒲草
随风而长　炊烟如一只素手
将夕阳托起　轻放在山顶上
对岸灯明处　桨声将醉意荡来
惹得冷月独笑　书中的童言
踏着晚风而来　仅仅是儒雅的
擦肩而过　便将欣慰的目光点燃

雪花掩盖的诗行

在一页刚翻开的日历上驻足
于空白处与飘飞的雪花相望
多么晶莹的对视
仅仅只是短暂的一刻
便让我深深爱上所有
与雪有关的事物

在冬季　在晨光初起时
那娇嫩的黎明
常常会弥漫出一片玫瑰色的薄雾
让在日历里不时翻身的失眠
有了更加丰满的遐想

在有雨少雪的江南
雪花总是喜欢先开在山里
竹枝被它的笑声压弯
又会被风悄悄扶起　在无雪的日子里
北风会用本色的声调
由远而近地　将临水的小城包围

我这一代人　恋爱里多雨少晴
最大的愧疚　就是舍不得把晶莹的雪
放在阳光里飘荡
斗转星移　一回欢畅的踏雪
要用四季中多少渴望来承担

今夜的月亮很大
无法从这皎洁如雪的时刻　转身而去
心中有雪　自己也便是雪了
沿着笔尖的指向
把渴望化为一行行诗句
用雪轻轻盖上　在新日的黎明张扬怒放

酩酊的影子

灯火流萤处　终于走出了瓶子的包围
一个影子牵着蹒跚的醉意
与空荡的杯子告别
顺着雨水流淌的方向
将发烫的呼吸喊出

不管声音来自身上的何处
伤口　被风敲击时都会发出悦耳的回应
衣装实在单薄
必须要有一种温暖陪伴
因为此时此刻　身上已是一无所有

激愤的呼喊　都有特别的经历
细软的呓语　也有异样的柔情
因为这个理由　就会为这样的感觉着迷
一个被遗忘的影子
开始在遗忘的角落　寻找自己

酒是水做的火　痛是情栽的树
在这个名叫小雪的夜晚
你把所有的瓶盖拧开　催自己起身
像一缕烟火　在雨中流动闪烁
即使伏地　也找不到疼痛的出处

听风催雪

无雪不成冬　在江南
雨　是雪最常用的托词
每当这个时刻
北风就会挺身而出　那寒潮
就承载着声声催促的使命

由北向南弥漫的寒气中
如能静心细听
就能从那急促而透亮的呼唤里听见
农历翻动的声音
就能从厚重的云层里看到
即将有某种大任　赐予斯人

北风　激动而振奋的翅膀
如我们深耕土地时的模样
该当呈现的　就应践行诺言
农人早已把收获堆满了谷仓
就等一场吉雪　圆满这个冬天

并非为了美景　而呼唤一场雪
正如我们不仅仅是为了收获才精耕细作
而是所有的景物都必须因显现而延续
所有的生命　都应当在劳动中闪烁光辉

因风而轻盈

季节在流动　而我坐在岸边
腿脚虽说有些不便
但思绪因风而轻盈　腾空高高跃起
与云间　孤雁的鸣声齐头并肩

在来之不易的宁静里
与秋天告别　洒落一地的红叶
拾起仍有春的温暖
让人想起曾经的那些往事
这不仅仅是为了怀念
如果清苦　是人们所说的财富
幸福　也许是对美好的某种伤害
改变并非是某种无奈
有时更是柳暗花明的一种　蜕变体验

在这年复一年切换风景的时刻
年龄的光辉　已难以让我感动
在简单的日子里　自然而然地
用手感充实的姿势　抚摸往事
把多余的伤痛　交给河水带走
让明天的白雪　因我轻盈的飞翔
而静静等待　积淀成晶莹的花朵

在黑暗中飞翔

夜把地平线抹去
天地合为一体　随风起舞
自由　以火的形式燎原

腾起双翅　追逐一颗流星
高速　将翅尖生发出锋芒
拂过　泰山那绝顶的影子
沿着　大江那东去的波光
以起为吸　以落为呼
啸声之间　让思想化为月色

触摸长城　感受它千年的脉动
翻看春秋　护住笔墨中的烛火
仰望秦俑　细数铠甲上的指痕
挥动丝绸　遥望古道层层沙浪

一次飞翔　便能打开曾经的岁月
一次回望　就能让自信增添温暖
不忘初始　血脉里总会有激情的事物
让思想的翅膀腾飞风之上
成为旗帜　成为新日里征途的指向

走近梅花

与雪同步　一朵梅绽开在冬的胸前
温柔而无欲
如同一点星火
照亮着我在新日里的那些平常生活

远山朦胧　我与风雨同在
透过窗户和生活的表面
在小城的一角静静地孤守
以单纯的呼吸　倾听一种绽放
在空气中引发的回响

在寒潮逼近的时刻
就这样选择了绽放
既是命运的注定
更是挺身而出的勇气
我的目光朝你走去
大声呼出你的名字
虽然我穿着厚厚的冬装

走进与火同色的盛放
心绪便陶醉于憧憬之中
灰白的天空里　心如一只红红的风筝
带着风带着雨　带着梅的清香
在发烫的文字里　甘愿流放

走近暮色

走近暮色　就像走近
无树的高原　在那里
灰色的云层很厚　久立
任风劲吹　鬓角的白发
静观星子和命运从天而降

黄昏　扯着光束向我推进
一声雁鸣匆匆而过
我在风中听出了刺骨的孤独
突然而至的沉默
从远去的尾声向我传递　并且开始堆积
年龄端坐在　我的双肩之上
像雪满树枝　像花开花落

岁月时时都在偷袭
用夜色吞噬着我的勃勃壮志
让生活开始有了斜坡　以一种惯性
使我的生命加速　从而听不清
浣水的琴声和随风翻动的诵章

庆幸我不用追随　对暮色而言
我是一个随遇而安的人
如同黑水中的艾草
熬过了曾经的苦难

便能用微笑面对的事物
这不是源自我的气色和力量
而是因为　我所爱的花朵
至今仍在　泛绿的春天里鲜活

回暖的歌声

清晨　当你打开嗓音
黎明　便像冬天的意志
掠过头顶　这是崭新的
阳光在飞　成为唯美的背景

当你唱出　梅的朵朵红艳
苦旅的歌谣便开始回暖
成为驿路上活灵活现的精灵
风比水远　吹遍大地和沾雪的草色
回乡的车痕已经远去
而歌声仍在回荡　活力四溅

背靠着你的歌声　常常会想
在相惜的世间　该怎样穿越人生
多少次内心隐忍
却又被你的歌声牵飞
成为一只翱翔的风筝
看遍风雨　看遍霜雪和乌云

请你耐心地歌唱
并为未来的春天盛宴
留下足够的空间
正在舒展的天空里　我在静听
像阳光一样　在拥抱歌声的同时
拥抱草香与候鸟　还有月亮和果园
我的宁静　正栖息在生命的江南
当你持歌而行　我所有的向往
会循声而去　吹起一支追寻的长号

在沿江公园

北极阁广场　一阵阵被冬阳捂暖的江风
正热情洋溢地清扫着满地翻飞的古樟落叶
一片一片　仿佛在收集一生的快乐
阳光在琉璃瓦上跳跃
一支古曲　从窗棂处悄悄飘出
把我牵进　那词香袅袅的宋代

百年古树　仍在尽情舒展枝条
它的根　肯定扎得与身高等深
久久仰望　把心绪也栽进土里
渴望大地　也能赐予生命之源
让我　能像棵樟树一样四季常青
叹息　一个回首便翻越一个年代

夕阳西下　江面被染成苍茫一片
饭后散步的人们迈着温饱的步姿
在目光里越走越远　与月同色的
路灯一朵朵盛开　坐在夜的里面
双眼是余温尚存的火苗
仰首饮尽半杯谷酒
便能抵挡孤独的困扰
看一群笔画任性的文字振翅而来
与我相依相靠　在诗行里度过子夜

寒鸦

有生来　拥有的私产
仍然是　两片西风
一根孤枝　所有路过的
目光纷纷回避
哪怕绕道数里
虽有善飞的翅膀
可却常常选择独立

爱　已成了山脚土庙里
时隐时现的香火
唯一的依靠
就是身下几寸大的土地
偶尔的几声呼唤
也成了人们饭后的闲言

身上落满了无数的霜花
把所有的欲言　忍痛咽下
溪水映月　风雨流进记忆
以内心的平静　催促自己
像风尘一样　升起和聚集

始终坚信　世间有万物生长
就应该允许各自适合的生活
比如像你　致志做苦旅的行者
以清傲对抗冷落　以聒鸣对抗沉默
既享受自由也担当孤单

与阳光一同微笑

打开黎明　太阳向我走来
好像一位离别多年的朋友
我的微笑　是对向往的微笑
寒潮已经走远　洁净的太阳
把我　烘焙成圆圆的欢畅

蓝天白云下　牵着阳光走走
像一个真正的旅者
鼻尖上沾满了泥土的芬芳　我确信
这是件很有意义的过程
能让一种温暖　从脚底升发至额前

与阳光一同微笑
并不全是花朵的特权　只要像蝴蝶一样
懂得珍惜　就没有什么东西
能把生活变苦　再清寒的风
在我的诗中都已成糖
阳光已把我的歌声　映成一片雪原

与阳光一同微笑
也是一段回望的时光　把目光铺在地上
把所有见过的往事　重新晒干
拂去多年湿冷的潮气
让肩上的背囊清新爽朗　在前行的路上
把不多的余生　都让微笑照亮

重逢之约

一页薄薄的　同学聚会邀请函
竟把怦跳的心绪
长按在　回忆的涟漪里
憋得够呛　回望的目光
从磨白的桌面起飞
披着夕照的晚霞　穿过山的缝隙
化作河面上的　粼粼波光

思念　把几十载的轮回
压缩成　一本泛黄照片的相册
在静谧的夜半时分
每次轻柔的翻动
都引来温馨的回声　流水带走多少
细碎和厚重的足迹
留下坚硬若沙的情节
在梦中闪烁　映照着不眠的遐想

清晨的雨滴　在如注的伞尖
与心跳共频　那么多密集的雨水
中和着种种想象和忐忑
车窗外　熟悉和陌生的风景
与目光摩擦生热　眼角发烫的湿润
悄悄地蒸发出爱与回忆
像河流一样持久地流动
成为明日重逢　默默对视中的场景

风　请借我一双翅膀

风　请你借我一双翅膀
让我在余生里
能携着诗句陪着雪花
一同在冬天广阔的天空中　飞翔

只靠双脚行路的我　此刻
正背负着思想的熊熊火焰
行走在　诗意崎岖的山道
意象的炬火　文字的荆棘
让我沉重的呼吸疲惫不堪

其实　我只是想轻轻地触摸
悬壁上　那一尊唐朝放置的陶罐
和一堆堆线装的诗稿
与古时的文豪诗圣擦肩而过
静观他们饮酒评竹扶菊远眺

风　请你借我一双翅膀
如果成愿
无论我的花开成木本或是草本
都属于你四季的领域
都是你所要抛撒的内容
扬向东的叫芬　撒往西的叫芳

风　请你借我一双翅膀
让我按着企盼的节拍

在叶尖上跳舞
让心成为一粒飘飞的种子
在山峰上长成一棵树
结出　串串果中之果百里溢香

我曾经也是个歌者

多年前　我曾经也是个歌者
在这个悲喜的世间
喜欢唱歌的人　很多很多
多得　就像草原上的牛羊
多得　就像山林间的花朵

有的人　喜欢在走廊中
在浴室里放歌
但那些歌只是唱给自己听的
歌声刚一飞出口
不是被墙壁困住　便是被流水击碎冲走

而我最爱在山坡上引吭高歌
唱的都是与自己年龄相仿的山歌
这些老调与我的血脉相连
与我的呼吸共频同步山风
把歌声送出十方八里云彩
会在歌声上聆听驻足

我唱的歌　很多乡亲都会唱
唱着唱着　就会唱得泪流满面
听着听着　就会听得哽了咽喉
如今　那些山歌已老成我笔下
棱角方正的文字
那曾经柔亮的声音
也成了夕阳旁嫣红的云朵

黎明时光

躺在床上　让晨曦的碎光
抚摸着我　视线里有一只
虫子眠在其中　睡姿与我相像
浅色的睡意平静如水

窗外的鸟声　议论着气象的变化
而我的梦境却静谧安详
风依然快乐地吹着　分量很轻
我只是专心看着　有只风筝
倚风而起　飘向终生惦记的故乡

母亲　坐在晨起的云朵上
看我　如一团柔柔的光芒
那只眼熟的手镯　用玉的音色
催我的泪水　从指缝中漏下

缓缓地欠身而起　放眼望去
歌声从冬天的边缘　渐渐走近
让我知道　如何对待此刻的伤感
还有面对的劳动和未来的时光

观鸟

一只小鸟　站在树枝上
被风掀翻的羽毛
与那树枝弯度　是同一个方向

寒风狞笑着　不断地加大风速
鸟儿紧紧抓住枝条
翻飞的翅膀稳定着身体
以弱小的坚韧与强者对抗

鸟儿拼搏的下方
是一片硕大的花园
粗壮丰满的树丛们戴着雪帽
仰望着头顶上　以死相搏的场面

除了风的咆哮
地面上没有升起一声鼓励和慰言
只有小鸟扑腾翅尖　将风的喧嚣
割成无数的碎片　触目惊心

我非鸟　我无法猜透坚持的理由
但我想用畏寒的拙笔
记下此刻　思绪暂停的时间
以此不忘　再弱小的生命里
也有一腔　不畏欺凌的热血

面对无雪的节令

面对这样的冬天　我只是个
郁闷的看客　什么也没说
什么也没做　那么多的雨
都已来过　可在应该有雪的日子
却不见一片雪花飘落

昨日大雪　这是个千百年来
相约好的时节　可你总是喜欢
在诺言上铤而走险
总是喜欢　让感觉任着性子奔跑
总是喜欢　在我放飞的守望上
刻画出　一道真真切切的伤痕

用岁月　累积起这时间的高地
看月光升起　夕阳蹲下身去
一声鸟鸣　从黎明中破雾而出
我已触摸到江南的温柔和耐性
前方　已到达的冬天转身的路口
潜行的春光　已闪烁在梅的边沿

也许我所有的告诫都已随风而去
我的力量　又怎能比得上一个季节
钟声　正沿着陡峭的山坡倾泻而下
与我的呼唤擦身而过　无法等待

当我写完大风　要么是你赶紧过来
要么　就让一场阳光或是暴雨
以堂堂正正的气象　占领我的心间

雪地里的红柿子

在雪花飘飞的日子
红柿的色彩是最时尚的　冬阳一吻
就红颜温柔　溢出娇艳的笑容
让那些童稚的蹬爬声
纷纷滑落　成为馋嘴的仰望

曾经反复倾听　听风坐在树梢
像一条日月透明的薄纱
将柿子不停地揉搓　直到柿子成熟
成为一枚红心的模样　风很硬很凉
穿透了柿树上那么多的往事
让拂落的叶子占据了小院每个空间

借着夕阳　我又看见早已逝去的种树人
他仍用汗水浇灌自己的心事
陪伴着柿树随风一起长大
如今　成熟的柿香能飘到河对岸
纵然是一只过路的鸟
也能感受种树人当年心中挥汗如雨的企盼

月光下的红柿　如一盏盏明亮的红灯笼
挂在忽明忽暗的窗口
映照着门前小溪中流淌的岁月
凝固起　我回忆中那圆圆的乡恋

整个冬天

整个冬天　我都在相册里
种植回忆　那些从往事里
赶来的场景　用凉透了的情节
弹出油绿油绿的旋律

整个冬天　我都不想睡
我想回头看看
看看那些被风吹散的岁月
细心地辨认
哪一束是我少年的手臂
搅动起的阵阵稻浪

整个冬天　我都在把回望捂暖
让融化的河水浮出青涩的歌声
让那些模仿着幸福的笑靥
成为相册的封面

整个冬天　我都在回忆的角落精耕细作
让那些没有杂质的故事
发芽拔节在时间之外
在越来越近的芬芳里
用最后温柔的部分　丰满起当下的日子
成为余生里重要的内容

整个冬天　我用夕阳点亮了内心的灯

照耀远方归来的往事
只等那些悲欢从中流出
一直流到泪眼模糊
一直流到当年纯净的目光
重新恢复原形

团扇里的女人

面对铜镜　端详着自己
身后的窗外　柳枝们模仿着雨声
机敏地为你传达着
每一阵风的吹临

当一双巧手　将你绣出岁月
便凝固成一声叹息
你面容娇艳　体态丰盈
五彩的丝线　缄默不语
固守着你心中小小的秘密

你如此之美　美到了极致
便就成了一种范本
成了一个摆设　恰似笼中的银雀
吸引了多少目光
却没有一个指尖　忍心上前碰你

你无法说出　自己心中的痛
季节在你面前　不停地流转
在命运的掌上你学会了服从
以听之任之的姿势延续生命

时间　像磨合到极处的齿轮
在你面前　已没有刺耳的喧嚣
你的名字在传说中　渐渐长大

而那些赞叹的目光也日渐老去
曾经是那么好的女人　看着看着
也就慢慢地　散失在记忆的风里

怀念

小城的容颜
一直在我的记忆中
恍惚走在　梦中的浮桥上
随意一件往事
从水中浮起
都能把我的睡眠　惊得睁大眼睛

站在小城的对面
光线恰到好处
还不时有秋风飞过
这是一片单纯的风景
仿佛是当年　那个春天里所有的情节
不用说话　遥望就能把胸怀展开
就像一朵花　一瓣一瓣地站在草丛中
盛放出曾经的简单和明亮

江面的波浪　已把全身皮肤揉搓出皱纹
戏台已经塌陷
不是王子　也就没有白马
命中注定　必须自己在孤灯下
怜悯地擦拭伤痕　独自静听
乌云深处　岁月疾驰的声响

从未想到　如今会对小城
这般着迷　也许是怀念能让我
找到属于自己的过去

凝望小城　把它的名字含在嘴里
带在身边常常阅读
然后　再站在回望的诗行里
像一只勤奋不懈的老羊
坚持从泥土里翻寻出五谷
而后又在山峰上　静静地放飞思想

在冬雨中行走的诗句

冬雨　就这样一次又一次地
渗透进骨缝的深处
裹住了那些驿动了整个秋季的燥渴
湿漉漉的懒散
如一触即落的风帆
停泊在困意潮动的梦谷

那枫林　那红叶里的所有记忆
就这样被清冷的雨丝片片肢解
升腾为风情万种的寒意
拥挤在因灰暗而闪烁的天空
代替了翔飞的鸟鸣
成为丝丝无奈的轻愁

北风有着自己的流向
将原发的惆怅悬挂在无叶的树梢
到了冬季观雨和等雪同样的无聊
哪怕是眼前已弥漫起寒潮的警报
哪怕是水流遍地的场景
已有了冰的气息

把心窗关紧　不要让这潮气渗进
在一张稿纸上搭建起自己的天地
用思想摩擦文字　让它们生热发亮
把笔燃成一柄炬火　温暖起目光
把所有的呓语　烘焙成发烫的诗句

一把锄头的联想

在无地可锄的　季节
一把锄头　闲而无事
在角落里默默地站着
风吹来雨打来
锄头的铁面上　透出一块块
锈迹斑驳的不安和羞愧

岁月如水　像屋檐滴落的晨光
世上还有多少锄头
在空度的日子　沙沙生锈
去年的辛苦　已被拉粮的卡车运走
即将到来的明天
能否会是块让铁锄
尽情挥洒豪气的田间地头

这把锄头　把自己的一切
全都安顿在这个寻常农家
它熟悉家中每个人的掌纹
它明白家中每一声的悲欢
它甘心把自己交付农人的手里
用自己所有的锋利
耕植着人们播撒下的汗滴

锄头渴望着春天　它知道
只有到了春风飘柳的季节
它才拥有人们爱不释手的快乐

企盼是无声而隐忍的
与这把锄头一样　都蕴含着
一种坚硬如铁的沉默和孤独

暗香浮动

夜幕低垂　遮掩起案桌上那一尊孤独
目光因寒冷而坚硬起来
深吸一口烟火
温暖起　那启合有序的呼吸

有香似风　从脑海无声息地飘出
飘向记忆中的落花流水
记忆不朽　隐居在岁月的深处
烟火亮起　静看着时尚的变迁

随风而动　檀香以火的形象燃起
举手投足间便让呆滞的目光处处生香
雨声中走来一把伞　溅起了湿淋淋的回忆

暗香浮动　在子夜不停地冲击黑暗
想在意境里画一块飞白
梦中　有往事落入回望的眼睛
苦泪溢出　轻轻一舔转身咽下

追风的马

用坚硬如铁的蹄声
在所有经过的地方
撒下转瞬即逝的鲜花
鼻腔喷出的长啸
摇撼着所有草叶的挺立
沿着疾风的走向
突变成一道威武雄壮的闪电
载着我的目光　在地的边缘奔跑

飘扬的鬃毛　划破了峰尖上陡峭的阳光
撕开了江岸边那大片的芦荡
于无路处铤而走险
那高高的一跃
与人间的烟火　擦肩而过
以无翅的飞翔
成全了人们所有的仰望
汗水已升腾为冬霜　无心回望身后的沧桑

当把风踩在脚下　在遥远的故乡
所有的花都已开过
回家的路上
还有那漫长的适合回忆的路程　从此坚信
一个追寻　可以沸腾一腔冷血
一串蹄声　可以再现一段传奇
一行足迹　可以累积一个理想
一种壮志　可以托起一轮夕阳

那些新鲜的往事

那些雪朵　采用了梨花的形式
用一瓣洁白去面对一片洁白
摇曳着天真的笑容
却无视我目光的存在
让一双在回忆中跋涉的双脚
深陷其中

我无法学会　小鸟的样子
在飞翔中拥抱阳光
只是记得曾经迷路的阡陌小道
赤足上　沾满了少年春天的泥泞
为麦苗还是韭菜争吵

那些往事　在回望里发芽
重放的春天片段　一幅接着一幅
让疯长的记忆密不透风
顺着长枝的指向走进库区
寒风里　曾经的灌溉一览无遗
一片洼地　原谅了多少洪水的来临
却容纳不下当年的足迹

要走得远　就必须让往事常忆常新
曾经穿越的风雪
如今已凝固成额顶上的皱纹
以往事为履　还有什么样的路

能断绝前程　就让命运在我的
回望里多添些沧桑
用它涂满月光
照亮我明日启程的黎明

笔迹也是一种意境

子夜时分　是谁在北风奔跑的尘烟里
追寻着唐诗宋词的足迹默默前行
用墨香点燃骨头
温暖起天涯深处　那父母的眼睛

是谁　用心力托起行行诗句
将一个个上膛的文字
置在别人的鼾声里　细细地打磨
再以一种与自己较劲的韧力
精心描绘出灵光闪烁的风景

是谁　在时明时暗的烟火里
用汗珠浇灌着花朵
以粗笨的方式
给一页页平凡的白纸雕塑灵魂
以劳作换取孤灯的光芒
照亮掌中的每一道茧纹

黎明破晓　笔迹成了一种意境
其中传来镗鞳之声　催生起冬意的茂盛
再用晨阳的力量支撑起向往的目光
把整夜的不眠　谱成数行沾泪的断章

冬至

再长的寒流
也会有个尽头
独行山间
静观　那条雪线
是如何悄悄地走远

风入松林
深沉的古乐
在天地间回响
清冷的音符在飞
一直抵达冬的最高处

冬至　在记忆中
一直是个好听的故事
有着一种光滑的温柔
往后　再有寒潮大雪
怕冷的老人们
也能安心地品着热茶
议议农谚　欣慰地谈论
自己曾经的数九寒天

冬至　是怀念的日子
此时此刻
我们都是回首仰望的后人
雪色里的缅怀
让我们铭记起那些片片云彩

在天路上飞翔的姿态

怀念　也是一种展望
除去汗水
总会有一些东西沉淀下来
千丝万缕　渗进土里
长出传统　相传世世代代

冬至　是一道关口
打开关门　我们又能眺望
那渐行渐近的春天

怀念

趁着夜雨的光亮　重读思念
读出滴滴如泪一样的颜色
晶莹得让人恍惚　在这个时候
岁月　会从目光里弥漫出来
沿途铺现出称之为历史的事物

夜灯投射下的光影　在心绪中游走
映照出那些意料之中的画面
比如染血的旗帜和呐喊
江河的壮丽和耸立碑石的青山
细看得久了　碑座上的浮雕里
就会走出　一个叫伟人的形象

不要以为去世多年的他
一定会离我们很远　远在千山万水之间
只要到了这个时节　那缕缕怀念
便会在心底　以青草茂盛的模样
振奋起我们的双眼　让我们看见
他站在黎明之前　背景是红霞一片

如雨的思念

缓行在一月清亮的雨中
沿着隐隐涛声的台阶
我将回忆的镜头缓缓抬起
向上仰视　我看见了你
挺立在碑顶　红星上的五角
彰显起锐利的角度
构成了冬雨中峰峦的伟岸

黄土与青柏之间　有风飞过
发出号角一般的声响
让所有昂扬的叶子肃穆庄严
在这样的时刻里　其实
我的镜头再稳也是摇动的
我的诗句再美也是生涩的
把泪水和记忆捧在手上
我都不敢迈大了自己的步子
怕我的慌乱惊动了这片敬仰

边走边回首　朝远方眺望
沿着目光铿亮的弧线
变换着角度聚神地拍摄
一个个漫长又漫长的镜头
直到你的身影渐渐地走远
转过身来　我清楚地看见
眼前的江山　依然红霞飞扬

老歌的回眸

一支老歌　踩着岁月的
跫音渐渐走远
可它却时时回眸　它舍不下
那枝梅朵　因为它深爱着
那一片　迎风傲雪的红艳

红岩上的高度
已不是年代的问题　人心在变
但在青苔喑哑的时候
老歌的嗓音仍然嘹亮宽阔

在灯下无语的关口
耳边常常听见
老歌渐行渐近的脚步
在自己难以落笔的区域
它用旋律点燃黑夜里的炬火
照亮记忆中的今生前世

所以　每次面对老歌的回眸
都会用合拍的哼唱　与它对视
在渐渐高亢的挺立中
让老歌的新音
在黎明再次跃起的时候
一点一点地　擦亮我曾经的誓言

一个婚后的女人

无论是想到或是没有想到
自从自己的姓名
被一阵阵大红大紫的鞭炮声
迎进一个叫家的铁门后
自己的一切便成了
锅碗瓢勺的一个部分

身体签给了婚姻
曾经乌亮的头发由黑转白
疯长的皱纹里
满是汗湿的奔波和油烟的气息
疲惫的影子　投射在灶台上
忙乱的移动　像一个皮影戏中
摸爬滚打的主角
在时针的声声催促下
一刻也不得安宁

伸展手臂　把湿漉漉的孤独
一件一件地晾晒
呆坐成一块沉默的铁
静候门声把自己溶解
这失去自我的日子
这以婚姻的名义固化起的生活
如一把锉刀磨去了青春的向往
磨去了当年在人群中
悄悄眉来眼去的心跳

新的年关临近　在季节的足声里
听见年龄　在风的吹拂下又落下
一片叶子　用平静的呼吸拂去那世间的喧嚣
在梦里把自己心门打开
让孩子的欢笑像歌一样流进
再摘一朵梅蕾　放在两只枕头中间
静静地看着它　是如何绽放出明天

梦中的雪

冬天要走了　望着那
渐行渐远的　苍凉
回眸之间　一阵风
扯疼了我无措的心尖
我知道　在这个季节
我是再也看不到雪了

第一次见雪踏雪的人
肯定不知道雪也会痛
当风将所有的足迹收走
肯定不知道雪也会眷念
只是会在茶余饭后时
偶尔说道　踏雪无痕

雪白如纸　真心不愿意
让一页柔纸
承受笔尖无聊的划痕
真心不愿意
让余生　成为无雪的冬天
所以　每当面对梦中的雪
都舍不得随意地迈出脚步
就像　面对洁白如雪的纸
握笔的手　颤巍巍地举着
不知如何去疼　如何去爱

小年走来

当所有的雪　透过我的笔尖
在心中悄无声息地融化之后
从文字的缝隙里
就看见小年走来　足声如哨

阳光和蓝天　和谐相处
构建起　酝酿诗歌的季节
流利的笔画　勾串起心思的画面
把一页稿纸装扮成一口泉井
让舒畅的情绪
沸腾在它站立的宁静当中

小年走来
像某人呢喃的细语和轻愁
像梅枝上的鸟儿在扇动翅膀
穿过我光亮的额头
在歇笔的午间一闪而过
吹消目光里那片冻土
让湿漉的墨迹干透
成为方正圆润的快乐

当我写完冬天
小年就化成风声拂起的暖意
像一条鱼浮出阳光照耀的水面
牵来的那些云朵
会以春的名义　为天空擦出笑脸
会用一根细细的柳枝　拨乱文字
让我的诗句　又有了重生的机缘

年关里的怀念

把晨光转化成夕阳
要用去日子半边的力量
把念头演变成沉重的年货
要流去一天的酸汗

一个场景的再现
却只需心尖上的一颤
只是需要一个回首
便能把怀念的影子
投射到潮湿的墙上

每逢年关　岁月的跫音
便在心中一响再响
怀念也会在其中　随风而长
当它　在一阵童声中绽放
我就会触摸到新袄里的温暖

年关　已穿越了季节的风霜
再次把大红灯笼挂在门楣上
催我读出字里行间里的希望
催我读出深藏在心中的念想

怀念　是件新年里常穿的衣裳
体香拂面　让泪珠在枕上滚烫
淌成一条河　流向大山的深处
让所有的甜蜜和酸楚
在浪中一片一片
不声不响地浮在水上

除夕是一朵花

除夕　是株美丽的植物
是一朵　名叫团圆的花

家　是最适宜种植的地方
每当到了年关的时候
所有的种子便会朝着
家的方向聚集
让积蓄的亲情
从根渐渐流向枝梢
静心等待那串鞭炮的炸响

我们都是一片含笑的花瓣
安坐在餐桌上　岁岁更新
浓郁的新酒　飘着花的芬芳
让火红的花色　覆盖起一切
把家　热腾成欢乐的花园
照耀起平凡而温馨的生活

除夕　是朵盛开在心里的花
不需要亲情以外的水来浇灌
无论我们留恋多远的温暖
都不会忘记成为花瓣的时光

把回忆紧贴在新年的胸口

面对新年　风便会将回忆紧贴在胸口
除去心跳和呼吸
剩下的全是浓香醉人的往事
走出闭着眼睛的梦乡　转身回望
来时坎坷的路上　雪一落就是一年
头一白便是一生

站在田间地头
看自己的身影　在父亲的遗嘱里
栽秧点豆　老屋微亮的窗口
娘亲在烛光下　熬夜翻新着旧袄
在精耕细作的泥味里
学会把简单而又朴素的日子
种植成　心中唯一向往的生活

一些树早已死去
可回忆仍在心里培植　一些花早已凋谢
可回忆还裹在怀中
一些雁鸣早已远去　可回忆仍在倾听
一些悲喜　在风雨中千疮百孔
可回忆　仍在月光下仔细缝补

总有一天　回忆也会随水东流
在盛开白菊的地方安营扎寨
不带珠宝　更不需良马香车

让夕阳指路　慢慢地相伴而走
直到四季消失　天地澄明一片
把回忆紧贴胸口　在云间落户

静观那枚未响的鞭炮

繁华落尽　看见一枚未响的鞭炮
偷偷站立在喧闹之外
大地遍布着渐渐冷却的伤口
任喜庆的余音　在周身抚摸

北风裸露着肌肤　冷眼旁观
与我一道　猜测着未响的原因
鞭炮躲过了帚枝的扫荡
像一粒从乐章里落荒而逃的音符
与路边齐肩的草丛为伍

就像有意掩饰这个小小的情节
天上垂落的雨帘就挂在了窗前
同病相怜的好奇
让心绪也像雨线一样顺滑
随着近视的目光
悄悄感觉那饱吸火药后的绵软

真不知　在那一阵惊天动地的旅程过后
所有的绽放能带来什么
只是知道　这枚紧偎草叶的鞭炮
像是冬天　留在新年里的一粒种子
用寒冷的挺立　提醒着我的目光
在渐暖的日子里　常到南边的窗口
静观一段孤独如何生根拔节

一朵雪花溅起的感动

你是世间　唯一能在天空上
开放的花朵　就这样沿着目光
飘进了我的诗中　能在惦念里芬芳的
必定是喜爱的事物
即使在隆冬　也能安置起暖和

一朵雪花　悠悠地盘旋在
守望的高处　如洁白的风筝
拉扯着我的脉动
不知你飞越了多少千山万水
就为了传达一个冬天的消息
没有红毯和美酒　没有仪式和锣鼓
土层里　小草们的掌声清亮生动

手掌上的气流　载着我的欣喜飞出窗外
远处若隐若现的山峰
护佑你晶莹的花瓣　孤单而蓬勃
心思随你舞动　开始领略一种风采
如玉的情韵　正穿过平凡的生活
用一种别样的美丽　让我的感动
以雪人的形象　站立在春天的前头

拥抱春分

在冬天最后的日子里
子夜　有个苍老的声音
把梦中的窗户　摇醒
快去吧　春天在路口等你

雪的消息　仍然悬挂在
天际　到处是雨的脚印
所有的企盼聚集在地里
如同梯田中落满了星星

在冬天最后的日子里
谷仓成了众亲议论的焦点
屋檐上的水滴　就是节令
渐渐逼近的声音

一只不知名的鸟
从农谚的枝头跃起　仿佛被目光感动
在起落之间　有着人的流连
有着蓦然回首一刻的怅然

如同是第一次　又如同是最后一次
在春分来临之前
草的喧闹在土层里越来越响
月正穿过村庄的掌心
而那月色　是我出门迎春的背影

风中舞动的水袖

是谁　把心底的话语
用轻风　传递给我听
轻抚着声波里的涟漪
无言以对　眼前的季节
正在轮换着风景　显现着
水袖翻飞出的另类生活

一声婉转的长调
透穿过命运的挟持
浓彩的庄重
仿佛看穿了我过往的经历
每当初春的时刻
便注重起描眉的细节
借密急的鼓点
让帷幕启后的凝视　酷似艳梅
在所有聚光的夜晚　撒满忧伤

长袖如波　翻动着曾经的岁月
哼唱着　那首凄美绵长的旋律
所有的梦　便无法做到深居简出
风中舞动的水袖
如掠过河面的簌簌春阳
一如既往地晾晒着
命运的指向　从而为一种怀念而心动
成为生命中不凋的蕾朵

有风飞过

冬天　把日子冻得
只剩几页薄薄的日历
薄得遮掩不住大地的空旷
一排老樟托举起的晨阳之下
有阵不知名字的风
从我的目光边缘飞过
洞穿了　那遍地洒落的
一片古老而熟稔的时光

不知名字的风
有着农谚一样简明的风格
有着季节一样迅捷的飞翔
在带有流连意味的起伏之间
无声地传递着
蓦然回首和那一刻的怅然

我不知道风的名字
而风也不知道远处凝望它的我
我不知道　风在用全身之力
牵引春天的艰辛　风也不明白
我在孤独中　构筑诗行的悲苦
陌生和距离　如个无底的黑洞
吞没了我与风相互怜惜的机缘

暮色四合　夕阳也无法阻挡
天地的苍茫　地上的我

还有天上的风　就这样无声地看着
看着原野上的万千事物
在昼夜交替的缝隙处　悄然隐没

元宵灯河

在大街小巷的期待里
最先找到春天的
是那盏高高挂起的　元宵花灯
跑累的春风　才刚刚歇下一口气
就被目不暇接的灯火
照亮了它的喘息

元宵灯河　波浪里载着
五彩缤纷的欢歌笑语
与急不可待的种子们一起
涌向那　朝气蓬勃的土地
所有的花草　全从梦中跳出
在渐暖的月色里　载歌载舞
冬天　夹着冰冷的尾巴
悄悄地　向季节的边际遁去

一只昂首挺立的公鸡
站在旋转的灯面上　引颈雄鸣
在我辽阔的目光里
牵扯出一片光明　元宵的灯河
在新年的余音里逐浪起伏
不是因为风吹　而是因为
人心托起的希望
在春天的鼓励下
正要向黎明处飞奔

一朵绽艳的梅

当我用惊喜
指向那株正在绽放的梅朵
你们便会知道　自己的目光里
就会有了一束生命的暖色

这朵梅　在平凡的树枝上
隐藏了很久　无形无色
它不停地往高处攀登伸展
朝着云的方向　饮雨吮露
它把风　看成是天空的呼吸
它把雷　看成是大地的鼾声
它　在阳光的注视下劳作
它　在黑夜的翅膀里安憩

瘦长的树枝　就是它的家园
不大的山林　就是它的祖国
草坡与溪水　喜怒和哀乐
构成了它无画无字的生活
在一株枝头上安然地瞭望
用最底层的日子
构建起一朵梅　简单而绚丽的快乐

绽艳的梅　从前没有颜色
自它来到我们中间
便有了生命的血色　从今往后
不再有人　偶尔想起它曾经没有颜色
也不会知道它为这片红艳
曾经酝酿了多久

守望春天

在别人品论茶香的时候
我正用许多文字垒起台阶
当手　搭在山顶的刹那
我遇见一声晶亮的鸟鸣
洁白而纯净地从脚边擦过

我以为自己飘在了天空
被善良而可爱的精灵叼走
有一种失而复得的辽阔
在春天的脊背上逐渐扩展
多想　仔细闻闻这清淡的体香
随它周游梦中的异乡
鸟鸣像一片云　飘过了山岗
而我的守望　却成了一根旗幡

不要怀疑　一声鸟鸣能牵来
春天的激情　正如我一样
将笨拙的笔一步步地扛过
雪山　当所有的种子都开始拔节绽芽
我要在春天的注视下
在梦中把诗写完
然后　躲在百花合唱的幕后
默默地捡尽　春天里所有的温暖

你的黎明

此时此刻　还没有风
吹乱你　沉思的纹路
诗歌　仍然在远方的山道上徘徊
一只小鸟已把最清新的空气衔走
乐得它在嫩枝上以歌抒情

常常被不该忘记的人忘记
就如你的睡眠不全在黎明
一旦被指上的墨香击倒
就会在文字的缝隙里昏迷
以草的形象　在丛中做梦
把刚绽开的芽叶　悄悄放飞

收集的词句　一直跟随着你思路的指向
顺流而下任溅起的浪花
淹没了梅朵的声音　你手上握着笔
笔里　却藏有另一个天地
你问春天　还有多少路程
春天不语　只是把你的额顶
用那岁月　涂抹成一片霜地

我的桃花还在路上

冬刚刚离开　朝气蓬勃的太阳
便用温度不同的阳光
敲打着我的门窗
催促我的桃花　快快绽放

我无言以对　因为我的桃花
还在回家的路上
春风　已把云朵擦得锃亮
显现出　浮雕一样的笑脸
张扬起　棉花一样的模样

打着酿蜜旗帜的蜜蜂
来了一拨又一拨
用翅膀将我的春眠搅碎
逼得我　背着一张叫梦的床
满世界寻找可以休息的地方

此时　南来的风渐行渐暖
呼吸里开始有了桃花的芬芳
我爬上高高的山岗　展目远望
凝视着天空中那寒流的走向
守望也是一种幸福　回家的桃花
我会以父亲的欣慰
呵护着你　积攒了一年的灿烂

有关春天的短句

春天　一个词概括的空间
漫天遍野的绿浪席卷而来
远远望去没有边界
在梯田的高处　红的是村姑的花伞
黑的是水牛的鼻尖

一个以踏春为名的闲者
伫立山顶　他说不清农家的事务
只是知道那触目惊心的绿
不过是江南扉页上的一角
他要用那个春字的深度和广度
在晨阳升腾的山口上
直面那村姑脸上　日渐成熟的欢笑

来时的足音　全都留在了路上
竹笛也被风偷走　他只能用歌声
为挥手的姑娘　采摘一束杜鹃
在回村的路口　悄悄放上两块
写有几行浪漫主义诗句的石头

爱情与现实总是会一水相隔
伫立河岸凝望　身影便在那岁月中定格
成为回忆中的一幅内容
在照片泛黄的背面
多少嫩枝　在呵护中成长成树

目光正穿越雨区

时光之上　我是岁月栽下的一棵树
始终向上攀长的痕迹
掩盖了我在地下蔓延的根须
心　是一块无法挪动的石头
任风　用山的身形描述着自己

平凡的日子里　做过许多设想
设想身上苦涩的果子
都能幻变成手雷　去迎合春雷的炸响
设想身上的每片叶子
都能变化成翅膀　在风雨的交响中翱翔

二月的钟声敲响　雨湿了前行的目光
一群玄色的候鸟穿过雨区
成为一个失而复得的记忆
季节开始提速　将所有壮志勃发的种子
以春的名义　播撒在一望无际的土地

添加年轮的瞬间
那些雪泥鸿爪已不见踪影
无法追问自己的方位和处境
老态的枝头已载不动更多的惆怅
目光犹如一只离弦的箭
有些景色闪出　便无法再摁回原地

局部降温

像一场余震
像大潮后的一道回浪
寒潮从天而来
把整个小城　用力塞进
冰窖之中　任其瑟瑟发颤

一场突如其来的旧梦
以充满戏剧效果的威风
逼着所有的观望者
将箱底翻空　厚重的冬袄
压得呼吸不畅　团团雾气
从话语的缝隙处泄出
把幻觉惊醒　一同走回冬天
那冰天雪地的风景

天有不测风云　犹如人生
就这样闯进春暖花开的季节
如同怨气冲天的女妖
硬生生把江南局部的天气
演绎成　寒光吓人的场面

把视线抛过信江
一片白烟　裹着一个庞杂的梦
像电视里天气预报员的嗓音
因激动而显得昂扬

追寻春天

其实　我是个水做成的孩子
在风的版图上
我赤足无痕
一束阳光　让我有了
借着风力奋力飞翔的追寻

你看我的唇
是晨光里的两片露珠
你再看我的眼
仍饱含着呼唤云朵的泪水
为了寻找春天
我终日在山涧里奔波
为了成为一朵梅
绕过了多少山峦
穿越了　多少孤独和寒冷

我的一生　就是奔波的一生
就是追寻的宿命
我常常倾听　星星的梦呓
感觉有光　从我心窍拂过
我常常静观　花开花落的景象
让我明白所有的花
不是被风吹落　而是被岁月
用隐形之手悄悄摘去

季节的轮声在身边隆隆作响

余下的时间不多　我要再次出发
以黎明第一束阳光为令
我要骑在风的背上
去追寻春天最初的日子
在无月的子夜时分
为我的故乡江南
捎去一段　飘荡如柳的歌声

沾有露水的问候

借用　窗户扩胸的动作
向黎明问好　向那些
被晨练的脚步碰落了
露珠的草叶们　问好

河面上　荡漾着早起的晨阳
而年华易逝
正如天空上正在熄灭的星子
已来不及捡拾起
昨晚的话语
只能用最后的闪烁
点数着自己曾经喜爱过的花朵

向从不知疲倦的风问好
那么多的山河　那么远的路程
可风却从不会迷路
此刻　它正在我的屋顶
用我的问候　研磨着阳光
它要以春的名义　传达温暖

时间相忘于时间之乡　就像果实
也会常常忘记花朵
我眼力不济　便用问候开路
再掩耳细听　让反射的回声
沿着情感的子午线
打开我心中　所有通向快乐的脉搏

三月的清晨

三月的清晨　有风
在小院唯一的树上
细数着嫩叶　窗外
一对身穿黑衣的燕子
用着它那清亮的啼鸣
把我温暖的被角掀起

薄薄的雾　在目光里
缓缓地漫游
尖利的树枝也扯不住它的绸裙
燕子以久别重逢的喧闹
把一些往事用岁月串起
构成山水无法隔开的情景

阳光　贴着墙壁慢慢站起
在它的身后　曾经走过了
多少黑夜和黎明　云飘来
与母亲的发色相似
真想唤燕子凌空飞去
遥远的那边　为我传达新的消息

独立之草

吐芽在山涧的幽处
溪水尚远
只能靠根须深扎解决温饱

有兰花在云天下为邻
时常不无夸张地摇晃
用居高临下的香气
将你的沉默
熏成一团难以化解的心结

挺身直立　用自己的高度
顶破世间的不屑
用拔节的向往
磨尖臂上的草叶　绿刃在手
既可防身　也可丈量季节

独立于寒晨　不再留恋
那些赏兰的足音
只是静心专注地把根扎得更深
以自己新的站姿
去点缀江南
柔风细雨的阳春三月

回归的雁阵

用不同的阵列
冲开黎明　皱褶的大门
在漂泊的云朵腮边
声声吟唱　把它摇醒

归途中不再有寒星冷月
冬天的记忆
悬挂在身后
昨日斜阳的红晕里
成为春风晾干的那片乡愁

你追我赶　沿着心中的指向
像一首首细笔书写的诗行
穿过季节　把苍老的路标
用翱翔的翅膀　擦拭得铿亮

无论南北　天空就是故乡
翅尖捎上三月滴翠的色彩
把那片芬芳　贴挂在颈上
成为人们　仰望传说的风光

走进三月

用刚发芽的柳枝
编结成一个背囊　用晨光和鸟鸣
装饰起来　然后走进三月

从第一朵桃花绽放时走起
沿着最后一颗星子滑落的方向
走一路就采摘一路
那些　沾满露珠的语言
小心翼翼　不遗留一星半点

在父亲握过锄头和镰刀的梯田上
三月的风越来越暖
代表着我出发时暗下的信念
一片片地堆积　垒搭起母亲
曾经给我心灵的抚慰和守望

人生苦短　目光翔落之处
虽然没有我的足迹
但那里一直有着我美梦中的背景
碧绿的草坡和如云的花色
虽然感到陌生　但这一切
最终会成为我生命中的内容

走进三月　自己也变成了三月
在我的三月里　李白仍在舟上醉饮而歌
屈原还在江边徘徊

神奇的麒麟在林中奔跑
童年的河水依然丰沛无比
遥远的草原在脚下展开
一直绿满我的三月

飘飞在春天的思绪

此时此刻　我站在蓝天白云下
让自己的心境
成为纯粹的风景
晨阳的余音　追逐着风
任我的双脚　插入土中
细听种子匆匆赶路的声音

柳枝像根绿头绳
系住了村庄的炊烟
这美丽的场景
唤醒了沉睡的记忆
山道上赶学的童音　如同叶面中
饱浸露水的纹路　清晰动人

山风深入肌肤
让思绪有了一张如花绽放的脸
而唐诗字句中的那抹朱红
便成了激情燃烧的内容
所有的水声
都催促我举起长长的竹篙
去细心丈量春江的深情

三月的风　不知疲倦地奔跑
从我的书页上一晃而过
我站在窗前　将思绪放飞
望着它随风远去　直到夕阳
将它染红　融为晚霞里的归歌

蓝天里的记忆

仰望蓝天　是童年最爱的事情
把整个身子埋进草里
阳光　懒洋洋地在肚子上游走
凝视的目光一声不吭
风　一次次地在睫毛上栖息
又一次次地　从嘴角处滑落

一朵白棉云　从远方飘来
在我惊喜的呼叫中
幻化成羊的模样
又被时间催促成嘶鸣的马形
常常会想
一场被雨洗净的蓝天
到底会有多少生灵　为我奔出巢穴

看得久了　身体便成了一叶扁舟
被发烫的阳光托起　朝天上翔去
瓦蓝的天空广阔而苍茫
有只巨大的白色瓦罐不知不觉地倾斜
如雾一般的潮气冲刷着我的身子

那天　最白的云朵与我遥相呼应
一只红蝶　在风中放慢了脚步
用拍打的花翅　定格了我的记忆
美妙　有时就是这样让人无法形容
看得久了　花草也会与我同游梦境

穿越时光

没有告别　就匆匆上路
如离弦之箭　在辽阔的草原上
一直跑到那
一轮明月在夜空上高悬

空荡荡的荒原上
像树一样地屹立
那粗大的角杈　双手般高高扬起
勾勒出一道壮观的风景
恍若闪电照亮道道惊艳

时光　在凝视中闪闪烁烁
蹄声溅起的情节
幻化为晨钟暮鼓　风雨雷击之后
锻出古铜的色彩
在季节的扉页里有过繁茂　有过枯黄

生来本是一片迷茫
有了追寻　心中才辨清了方向
为了出发时的约定
为了在最前的位置上去托起太阳
你与钟声赛跑　邀星光歌唱
春风陪你上路　黎明为你导航

雕刻时光的人

一道闪亮的刀光
就可以照耀起整个生命
不同的材质　排列在沉默的面前
任一副好眼力　细细抚摸
按住岁月的内核　刀尖落处
闪亮的声音　比阳光耀眼

要听你心里在说什么
其实并不太难　平静的呼吸之间
有一支歌　在刀尖上游走
曾经的伤口　如今已结痂成
记忆的厚茧　催落两鬓霜雪

窗外有的风光　你心中都有
季节有的颜色　如悲喜一样
在眼角花开花落　如此昂贵
只有笑到最后的人才能看见
刀光处溅出　无法言说的语言

雕刻　是种施展减法的过程
减去的　是生命中无须背负的辛苦
雕刻又是种神奇的加法
为观者的心灵镶嵌起美的向往

绽放

黎明　就这样被风吹着
晨阳在风的掌中起浪
在广阔的春天里变色泛红
像身上铺盖着的新毯

我看见一枝含泪的花朵
在绽放的路上
被夜风擦伤　只有孤独的蝴蝶
拍着双翅　在为它呼喊

绽放　是一种与生俱来的本能
更是一种心底生发的向往
是一种优美的牺牲
更是一种短暂生命的绝唱

就像生活和爱情
必须遵循既定的指向　在绽放的季节
就盛放出命运的光芒
在凋谢的日子　就平静地面对艰辛和苦难

绽放　是多么美妙的一种描绘
却又是那么容易被损和遗忘
我知道　凡事要看见它身后的景象
我必须怀着梦想去接受它
就像接受生活和泪迹未干的诗行

油菜花开

风　开足了春天的马力
让我在　村姑的笑容
闪现的地方　看见了一片
花浪翻滚的大海

目光　像三月的风帆
从波涛中驶远　海阔蓝天
阳光泛出水面　晨霞如烟
劳动的歌声　浮标一样
在金黄的浪花中时隐时现

一只撒欢的牛犊
跃进这没脖的芬芳　前行的努力
画出长长的水线
掀起的涛声　卷走了母亲的呼唤

当我还乡　在同一个位置上
再见这片　不知盛开了
多少代的油菜花　热泪淌面
既为春天　更为这一片
轮回不息的怒放　同病相怜

春分时节

心情的愉悦　不仅仅是
爱上了春天　不仅仅是
因为有了　那桃李盛开

我喜爱的　是那春风的徘徊
在那回头之间的张望里
像长长的柳条
亲吻大地后　它摇摆的喜悦
像一个初恋的少年
久久地守候在　梨花的洁白里
等待黎明开门
从而照亮起　内心的缭乱

我喜爱的　还有春雨中的忧伤
在那柳暗花明之后
还有片片曲折迂回的寒
它让我看清生活的真实
看到播种施肥之后
还有汗水湿透的孤独和惆怅

喜爱春天里
那些别人常会删去的内容
细品阳光拐角的暗
是因为我的心底　升起了一粒
静如柔水心平气和的夕阳

笔尖画出的光线

——献给世界诗歌日

让我的笔尖
从第一缕阳光沾起
沿着树梢的指向
画条用文字组成的曲线
直抵我内心的风帆

再用那足够的光芒
让我在云层上飞翔的歌
能够感觉到温暖　拂去翅翼上
那寒冷的冰霜
托起我的黎明　在目光里闪闪发亮

笔尖画出的光线
让疲惫的目光重新挺立
像一个苦娃手牵着微风　头戴着柳帽
快乐地奔跑在向阳的草坡上

我是一个知足的人
只是想要一个小小的明亮　用衣袋装好
或是写在纸上　在孤单的夜里
什么时候想了　就能打开看看
一支笔　如果因为孤独而放弃书写
甚至放弃让阳光抚慰
那就会像一根枯枝　逐渐泛黄
经受不起　一声鸟鸣的分量

回望中的飞燕

沿着风的走向　归来
沾着晨光清理着嗓子
趁我转身回望的时候
燕子在我的记忆里筑巢

早出晚归　忙里忙外
用不知疲倦的双翅
拍打我平凡而单调的生活
用比翼双飞的
形象催我想起曾经的爱情

黑白分明的身影
衬托起三月的色彩
让所有推陈出新的事物
散发出生机勃发的气息
成为春天里最让人心动的画页

子夜的钟声
把圆圆的月推进了梦里
我把船系在你的窝边　静静地等候
待黎明敲门的时刻
看你用翻飞的身影　填满我童年的蓝天

孤独的杜鹃

无论身处僻壤　还是闹市
无论是白天　还是黑夜
无论是快乐　还是愁怆
你想开　那就痛快地开吧

命中注定　你是一朵花
更何况　春风已在声声呼唤
是花总是要开
不能像个找不到母亲的孩子
只是在孤独的角落　不停地哭喊

天地广阔　不必埋头在意
自己能够开出　多美的春意
不必看重　自己花色的周围
那些蝴蝶和蜜蜂的各种目光
绽放自己　你就是春天的芬芳

你应该知道　其实你并不孤独
你纤弱的身旁　还有站立的我
已是子夜　时间也沉眠于梦里
你绽放花朵　我放声歌唱
一同捡拾起星子的碎片　研磨夜风
将纯朴的快乐　挂在黎明的云上

骑着笔四处旅行

每当我孤独的时候
就会骑着笔四处旅行
当寂寞的钟声敲响
我悄悄地走出稿纸雪色的门槛
月亮总是躲在云朵里偷看　看一阵风
如何助我飞越　黑暗中的群山

孤独时是这样　又总不是这样
我居住在自己的思想里
总想在经过的地方细心地刻下记忆
伤痕留下　可痛楚却在春天的
雨水里拔节发芽　让我不大的
日渐成熟的额顶　长满了沧桑

骑笔飞翔的时候　如时间般的安静
我不知道它还能陪我多久
耳边的啸声　已没有新鲜的事物
惆怅　会逼我怀念起过去的秋天
而相隔的季节　无法一同出现
我只能像一个无可奈何的孩子
在往事和当下之间　荡着秋千

当我　沉迷在骑笔游逛之后
我的稿纸便开始因单薄而透亮
我必须重新考虑　把灵魂保存在什么地方
我不知道走过下一年

秋天之后　是否真会有一个天堂
我愿意　灵魂能绽放在一朵花上
把秋天当成自己的居所　当风吹过
便和火红的枫叶一样　摇晃起温暖

三月三

——畲族乌饭节

三月三　去春游
燕子托着柔软的晨风
湖水举起云朵的镜子
旅者从梦中独自醒来
被山歌的影子牵上草坡

乌稔树叶和糯米
在清水中相会　藏在木甑中热吻
畲寨新盖的小楼上
盘歌声声　放飞缕缕炊烟
一家蒸十家香　油亮的乌米饭
终于与期待相逢

柴火已返归树林　山清水秀
通往幸福的石梯　已被春风打扫干净
经历岁月的霜雪
三月三　开始积蓄新的水分
它伸展着青枝　让缅怀的指向
催后人引颈而望　用歌声传送

手执怀念

清明　贴着四月的墙面缓缓升起
牵起一片怀念
迅速地拔节　在广阔的春天里
让人们回想起身后
那些尚未褪色的情节

雨水　顺着枝叶朝根流去
此时的我　也是流淌的一部分
也是一条回家的溪流
一炷香火照亮起回望的背影
让所有的激动
在生命里逐渐地蔓延

怀念　也是一种慰藉和幸福
就像重回故乡　它会递来浓香
手捧怀念　一勺月光就能填满
饥渴的心灵　往事会悄悄地走来
为掌上的伤痕敷上温馨

手执怀念　目光就能在今后的
日子里走得更远
当那些抉择脱口而出的时候
希望就已在肩上擎起旗帜　让晨风把它展开
成为明天行进时　铿亮的誓言

走进清明

走进清明　那广阔的绿
将我拥入怀中
我像一只勤奋而感恩的蚂蚁
奔跑在　那怀念的前线
跟随如棉的云　擦拭出
史书里的　那一片蓝天

怀念很重　重得心尖上隐隐生痛
朝南回望
目光攀上天华山的峰顶
见一个扛枪提灯的背影
走到哪里　哪里就会发光
一直走到墓碑的红星处
才将自己的名字扎根安家

往昔的硝烟　已穿过热腾的阳光
沿着青绿的竹叶散发
而清明　却从来没有忘记
年年会沿着竹笋野菜的气息
在我的记忆里　伸出根须
一点点地返青　一点点地泛绿
从而　让曾经的信念重新站起

被四月的风轻轻吹拂

四月的草坡上草色初莠
刚刚绽放的晨光漾出澄净
山道硬朗　炊烟柔软
阔远的目光　在流云上安坐
浑身的筋骨　轻盈而舒坦
在村头鸡公响亮的催促下
牵着牛　走进一只山雀的歌唱

团雾簇拥的山谷里　旋起尘烟
吱吱呀呀的鸡公车让崎岖的山道
颠簸起来　动荡起来
婶娘一人挑水栽种的山芋
舞着青绿的腰肢　抖动着山歌上
那几颗颤巍巍的露珠　圆润清亮

静静的梯田　粗粝着季节的恍若
稻桩坚挺　空气中仍然是香气四溢
有只幼鹿在传说的唇边　玄秘跃起
一株独立的桃　在风中浅浅一笑
你是我当年遗在树下的那首诗吗
山立水转　为何至今才将你找到

雨后写生

雨后的山坡
几粒水珠　在草叶上睡着

一只蜜蜂在花蕊中忙碌
起起伏伏的双翅
扇出湿漉漉的甜

硕大的云　面对河面端详
有只白鹭慢悠悠地飞过
却遗失了它的倒影

站在桃林的对面　眺望
一声燕鸣为四月腾出旷野
牧童的笛声　把怀念牵出老屋

一栋新盖的农居檐下
刚擦净的犁头锃光刺眼
有风　从村口游荡而来
让我闻到泥土开花的气息

雨中的信江

在四月　信江像蔓草一样
丰盈而柔软　雨在河面漾开
就像一群孩子散学归来
用稚嫩的小手　在拍打着家门

向岸下探出的柳枝
传达着小鸟湿润的问候
声音迎着风悄悄地颤抖　河面道道皱纹
在风的喧闹背后　逐渐松弛下来

春天广阔　放任着雨丝的飞翔
它知道江南　才是雨真正的故乡
灰云也不甘寂寞　放下高悬的身段
以幔布的形象让河水浸湿
成为雨中的信江　不可缺少的风光

时光流转　雨仍在沿着原路返回
回到它们最初的家　犹如叶落归根
就像一群游子　浪迹天涯的身后
都紧紧地系着母亲的呼唤　在四月
在江南　所有的雨都会回家看看

清晨有一株草叶倒下

今日清晨　在四月的一个角落
有一株草叶默默地倒下
它曾经的绿色
在风雨中是那么不起眼
以致所有的
路人都忽视了它的歌唱

自顾自地生长
在小小的天地里日夜奔跑
用那微不足道的阳光和露水
驱赶饥渴　用自己的叶瓣
为坎坷的岁月　遮风避寒

在穷乡僻壤里　活着和倒下
举着一面自己才能看懂的小旗
用一丝留恋的目光
把另一株同根的草叶洞穿
有风吹过　春天站在柳枝上
荡起阵阵　隐隐生痛的忧伤

诗句在雨线中穿行

目光　以风的形式
把新鲜的诗行　放飞
一行行带着夜灯余光的文字
如鸟鸣一般
在清晨的雨线中穿行

怦然心动的
还有那片枝头上的花朵
颤动的芬芳　让窗前伫立的我
获得了再次拥抱新日的意义
我知道每一片花瓣
都比随口而出的承诺还大
它蕴含着生命最初的黎明

握着四月清凉而湿润的手
越过它碧绿的肩膀
细看燕的歌唇　如何被天籁撩动
从而理解　误入炊烟的雨珠
为何在孤独中　充满了干渴
雨渐劲　掉队的文字被纷纷击落
在坚硬如铁的牛角上
溅成　串串茶姑爽朗的笑声

小纸船

眼睛张望在木盆里
心却跳进了大海
把记忆里所有的童趣倒入
再用蒲扇　吹拂起圈圈回忆

把作业本中最白最韧的
那页小心地撕下
剪去烦人的作业和母亲的唠叨
拒绝那些不期而至的伙伴
把期待　折叠成一只纸船
用快乐　载着自己驶进海湾

没有驾驶台　有风为我掌舵
没有书房　有阳光照耀欢笑
暗礁让路　风暴也和颜悦色
驮着忙碌的头颅
把桅杆拉长再拉长　像架起座天线
探索着远方的蜜溪和花园

小小的纸船　穿越时间和空间
把翠绿的当年　载到我的面前
如同一声呼唤　让回望中的童趣
留存下独特的青芽气息
催促黄昏从窗外悄然升起
照亮一个　在诗行上手舞足蹈的笑靥

抚摸谷雨

燕子张开　渐渐发热的双翅
一团用口水捂暖的泥巢
在屋檐的一角里成形
托举起新生命的啼声

抚摸谷雨　掀起季节的薄纱
细细观看　绿色渗透万物
足边的影子
跟随渐强的阳光一寸寸地变短
春风开始高远　把农历抛向梯田
催促新翻的土地　散发出泥香

抚摸久了　农具上便有了汗味
犁尖上的光质雨丝一样闪烁
叮叮当当地撞向　湿润的喘息
在坚实的牛蹄上溅起片片回声
抚摸久了就会知道
谷雨最爱的　是劳动的汉子
落下的雨　都蕴含着丝丝温情

抚摸谷雨　也是度量存留已久的记忆
把蒙尘的旧诗集擦净扶正
把眼前的心事放下　把散乱的视线聚集
抿声用心地触摸谷雨
静静地　直至传来诗歌翔落的声音

蒲公英的种子

当风　把你从母亲怀中抱走
都没来得及看清
村头的老樟树茂盛的模样

随风而去　你闯荡江湖
以一个毛手毛脚的形象
站在山村与城市之间
远远地怀念故乡
所有的呢喃里　只剩下方言的余音
偶尔会在耳边响起

种子一旦长成草
也就在怀念中　孕育出新的种子
像颗被砖块掩埋了光泽的水晶
在子夜和黎明之间
闪闪烁烁　照亮所有的失眠

每一粒种子　都会沾有故乡泥土的气息
每当方言茂盛的时候
这些气息就会散发酒香
然后在　思念之河里兴风作浪

用书去亲近快乐

——献给“世界读书日”

一滴雨水　也能学会奔流
一条翠绿的柳枝
就能把四月牵回家中
我把最初遇见的快乐
抱在怀里　亲吻它的额头

我年老力衰　抱不动太大的快乐
只需像书一般大小的就可
我会以最舒服的姿势抱着它
走遍那个黎明的每个角落

用书拥抱快乐
才能做许多喜欢做的事情
比如去看一棵草与一阵风的邂逅
去细品枝头那小鸟的欢歌
用问候去亲吻问候的笑容

所有的补品佳肴
都不抵一本原汁原味的图书
所有的运动健身
都不如书籍带来的健康和富足
我要把快乐收进生活的囊中
带它去远足　并在沿途的废物箱里
抛弃余生的寂寞

观雨

四月的江南
像个孩子　有了点心事
就不停地掩面哭泣

我在屋檐下　躲雨
情绪又湿又冷
目光穿过细密的雨缝
在水淋淋的柳枝上喘气

春风像位耐心的大姐
用云朵擦拭着四月的脸颊
轻声地安慰起身处
青春期的妹子

枝头上　待开的桃蕾
还在说笑　此时的季节
是它们谈婚论嫁的季节
柳绿花红　可没有一样能比过
跑来送伞的老妻

相遇在清晨

黎明时分　迎面相遇的
不仅仅是带有余温的问候
我也在鸟鸣声里
看到了新鲜欲滴的快乐

那些蹦蹦跳跳的快乐
是春天含苞绽放的表情
是新生日子歌唱的旋律
是云的双腮　泛起的红晕
是草叶的小手　碰洒的泪滴

明净的天空如镜　任阳光洞穿
我盛放思想的器皿
把我的心情　从灰暗的梦里
很暖色地解放出来　成为一柄炬火
温暖起擦肩而过的眼睛

拥抱生活　微笑面对每一次的相遇
做花　感恩那哺育的枝叶
做草　也尽力拔节丰富起春季
做笔　就用余生描绘所有的相遇

重习登山

翻开五月　重习登山
春风劲吹　用喧啸
填满起足音和石子的缝隙
把目光朝远方抛去
蓝天和白云之下
一切景物状如盛放的桃花

阳光厚重　升腾的热浪
让整座山屏住了呼吸

无约而至　像一朵随性的风来到这里
不是一趟青春的远足
而是寻拾当年的情景
采一束松针　向往事伸去
细看一朵花　置身在枝上的幸福
那块孤傲的山石还在
任我的掌击　呼唤当年的回声

走进五月　有了太多的开始
就会有太多的结束　重习登山
就是其中的内容　热爱孤独
热爱周而复始的季节　热爱那
单飞的思绪　站在五月的山顶
让一团不知名字的云朵
轻轻擦净　心中那片涂满往事的天空

翻飞的燕子

清晨有一支燕子
独自在我的天空里　上下翻飞
黑白相间　有着美女一般的相貌
我枕着梦仰躺着
看它用翅尖掀起五月的扉页

柳枝荡起　传达着天边的雨势
燕子像一只小船
在云的浪涛中呼啸而上
张翅如帆　回声般地盘旋飞翔

雨丝　将初起的晨晖稀释
潮湿的天空　只剩燕子的孤鸣
我的目光里已有了疲惫的影子
而倔强的燕子仍在风雨中穿行
想想爱　想想曾经的一句承诺
就能把　多少次的等待养活

在多思的清晨
一些小小的事情总会让人感动
比如一个关于燕子的梦　让风雨打开
然后被生活锯成两半　黑白和谐
白的做成了诺言　黑的做成了等待

我与立夏撞了个满怀

清晨　刚刚掀开五月的雨帘
就与热情洋溢的立夏撞了个满怀
轻轻地推开
日渐衰老的面容
推开栖满时间的鸟鸣
把被立夏撞痛的文字　一行行地铺在草地上
让初绽的阳光将它们晾晒

岁月如河　徒有十指却捞不出一捧水
就像那些树木扶不起自己的影子
只有常来的轻风
以飞行的速度　以秒针的速度
把日见迟滞的年龄　越推越高

桌上的日历　在风的助力下翻飞
万物静静地笼罩在季节的周围
站在朝南的窗前　以遐想为舟
渡一个虚怀若谷的祝福到对岸
然后怀抱仅剩的眷恋
像当初仰望天空的童年　把新鲜欲滴的新日
想象得无边无际　热气如焰

性别和姓氏　都在立夏的掌纹里
找到了依附的根据　因为快乐
心底的花朵引爆了芬芳

没有结局的回声　立夏搀扶起我
在如常的日子　开始四处游走
相依为命的身影　仿若桃枝相倚

驿站里的传说

门开处　风声便涌了进来
身怀绝技的你　步履轻盈
让人想起一只觅食的母豹
墙角一隅　有了吸光的磁性
瞬间堆拥起充满酒气的眼睛

你依附于春天
因此所有的情仇也就钟情于你
而你镇静如铁　让浑浊不堪的目光
散发出山野的气味　有风乍起
牵引出剑刃的锋利
让鲜活的心跳　成为一声远去的叹息

沉寂　像一条没有尽头的甬道
你腾出一只手　捻亮受惊的烛火
轻轻拂去碗边的血腥
用笑意将无解的宿仇一饮而尽

虽说已近暮春　而你的面容依然姣好
坐在陌生的驿站里
你是那嘱咐中迟来的情人
终日奔波　就为当年一句诺言
找到个安放处　而如今清冷的烛台
已见证了那滚烫的泪滴

走进晨光　你便成了另一个你

要走的路还很长　虽然是你最后的旅程
在那片桃林深处
有一簇野草　指向着你的归宿
持剑为杖　声声鸟啼为你送行
当一阵风声掩埋了你的妩媚
如剑的草叶　会在一段传说上刻下你
飘荡在江湖上的姓名

应天山

站在此地　借着山的
高度　尽力喊了一嗓
天没应　只见山风
不动声色地将其抹尽

往事早已凋敝　当年散发书香的精舍
已没踪迹
闲置的坡地　野茅和山花
也已想不起　陆子那日
为赶学而匆匆上山的轿声

鸟鸣来去　把传说铺展在风雨里
冷却着我对年龄的自信
丝丝孤寒的水渍
在展望的遐想中　肆意延伸

宇宙说大　大得无边无际
宇宙说小　小得可隐在心底
在品味的回声里
温馨的敬仰如雾升腾
像照路的炬火　在暮色里映亮出归程

水彩中的女人

一树春光　颜如桃花地伴你
几行眉飞色舞的
宋词倚墙而立
而你却从未转身　看上一眼

当年的琴声　早已远去
笔尖上的色彩
铺满了你来时的路径
久久地守望　让时间都长出了
泛黄的沧桑　所有的一切
可你　却没有眨一下眼睛

张望的方向　被窗棂固定
成为一个　让今人赞叹的角度
一张拍卖成交的契约
仍无法让你心动
宣纸上的天空辽阔
却藏不住风　你持守着诺言
静听岁月　在沙漏里的歌声

梦中的意象

在伸手不见五指的土层里
草的根须牵引着我
努力向上破土
月色淋我一身

长呼一口气　寂静破碎
枝上的绿芽探头
侧听空气里　冷雾撤退的影子

在夜里行走　与在土中发芽
并没有本质区别
不是故意用生活把自己灌醉
就是不忍让自己
在困惑中　了此一生

夜的泪　总是在无人处悄悄滴落
在拐角的地方
春天　从来没有真正来过
星星的眼　是子时的花朵
牵引目光的嗅觉　伸进幽梦

母爱如缕

一次次地拉扯　将慈爱
定格在这个城市的角落
把自己静坐成　一座雕塑

像一位全神贯注的大夫
在天空的注视下
摘一片阳光　用绵长的亲情
为自己劳作的后代
缝合生活　在肩上磨破的伤口

气定神闲　在岁月嘀嗒的响声里
把路人的眼睛
铺展成一片温馨的　春光

家乡路边的无名花

当所有的雪花　凋谢之后
在我的家乡　那些无名的野花
在春风的鼓励下
扬眉吐气地站了起来

没有惊动小鸟们的欢鸣
没有搅乱山麂张望的警惕
云朵在天上描着你的身影
大山也记得　你新生的日期

厚重的冰雪曾经压抑的歌声
滋润了你　挺身而起的勇气
破土的艰难　春天用雨铭记在心
绽放的痛楚　太阳全都看在眼里

昂首摇曳　所有的笑靥盛放出心中的话语
让风向四方传递
自由也是责任　全力完成自己的花事
从来不去焦虑做人的问题

献血

现在　我一切准备好了
将白色的天花板撑高
将杂音丢出窗外
我是一只耳朵　倾听屋内那阵阵
细声细气的呼吸

一支针头扎进血管里
成了内心河流的泄洪口
想象中的细节顺流而去
只剩一匹阳光　在手背中驻足
像张慰问的便条

目光里　塞满了春暖花开
我是如此关心世间的事情
平凡地活着　总该做些什么
即便是眼前这个扎手的情节
也是填补了自己小小的天空

带着体温的血袋　仍在丰满
像只鲜红的苹果　陌生而亲切
它离开了我的身体　改名换姓
事后偶尔会想　这一股泉水
如今　它仍在谁的河道里流淌

挑禾秧的女人

像晨风一样迅疾
来往穿梭
炊烟在你的笑声中站立
桃花的芬芳
像阳光一样　无人能够阻挡

肩上柔韧的扁担
与你的性情一样
秧苗们很兴奋　合着你步伐的节奏摇晃
禾根和泥土相亲相爱
水面上的波纹
比柳枝柔软　比山风温暖

时间的褶皱里　溢出汗珠
一群白鹭在梯田里走动
昂起脖子　想把食后的满足伸进五月
你无暇观赏
眼前这幅美丽的画面
一门心思　就是想追上儿子
放学回家那蹦蹦跳跳的歌唱

布谷声声

春风一吹　山间便是一片梨白桃红
草叶一个劲地向上
把你的歌声举得高高

布谷布谷　歌声沿着山形盘旋
与辛劳的牛蹄同步
向着逐渐升温的梯田而去

忽高忽低的飞翔　搅乱了风
迎亲的唢呐声在你的
羽毛里温暖起来
还有那桃花为伴　一路进村的芳香

依恋农事　用啼血的呼唤
作为催人的号角
多像背犁出门前母亲的叮嘱
密密匝匝声声不断
久久弥漫在　悬挂在记忆的眼眉上

遥望暮春

遥望　让风从额前跑过
目光在河面上跳跃伸展
那片粼粼的阳光
仿佛是一群鱼　列队亮鳞而行

垂钓的人　以树的形象久立
用草帽象征起柳冠
然后　再用沉默应对沉默
把所有的焦急隐在阴影

花有些累了　可草叶碧绿
引来孩子在它怀里欢滚
快门响起　把这童趣飞扬的刹那
抢收在笑声前的一瞬

年龄一大　就总会写到暮春
写完之后　又会交给晨风飞扬
我知道　不论春天会变得多老
都会有个少年　为它擦拭泪行

以一滴雨的名义

翻过　一百〇八座山峰
我晶莹的心　一直骑着风走
留下的脚印　都成了枝叶上的露珠
日月也在走
冷热交替的问候　是纪实的写意缩影
镶嵌在六月的轮廓

云是简单直白的归宿
在飘游的过程里　意念逐渐空灵
感觉自己即将凝成一朵雪花
沿着季节的走向
从没有缝隙的天空　悄悄翔落

出生在水的王国
从一株荷尖上起飞　多么让人难忘的莲花
在污泥里竟修出纯美的花色
太阳在黎明时出世
以动人心扉的温暖为我们合影
为一滴水的蒸发　而平添荣光

一层层的天空　我带着莲的祝福
随阳光飞升而去
像一块碎银　在云的最高处
不停地追赶　那素不相识的光阴
我知道　一滴雨的生命并不长久

但我可以选择自由自在地生活
我要在大地上　找到厚重踏实的落点
生根绽放成一株小小的花朵

笔尖上绽放的花朵

把笔竖起　就成了一棵树
纸便是支撑着它的土地
每当　有思想的风吹过
它就会摇动起来
让那些长出的文字　在风中起舞
如磨亮的铜片　闪闪发光

安坐在这棵树荫下乘凉
能听见星星的梦语呢喃
便知道　春叶在屋顶上
翻滚的模样　风雨过后
天空是怎样一片片地变蓝

顺着树的长势攀登而上
站在高处　任花香周身弥漫
透过枝叶的间隙　月光倾泻
溅湿我的目光　舌尖触及的
甜的是快乐　咸的是泪行

与这树相依相伴　岁月如刀
我的身影　已被树枝雕琢得晶莹剔透
回首几十载春秋
只是一页诗行　夕阳里的足音
是一幅钉在年龄上的山水画
画中的树越高　我就显得越小

目光不用加鞭

睁开双眼　从梦里走出来
便能让自己　穷尽天下的美景
成为顶天立地的汉子

目光如炬　也会铤而走险
思想沿着目光的指向飞驰
一直到达能及的天际　成为
另一种阳光　把黑暗照亮

目光飞向高原
那是时间用赞美垒成的高地
阳光站在草尖上
一匹白马用蹄声让我看见野性的奔跃

目光掠过海湾
它微微的喘息是在抚慰和平
它用自己　风平浪静的身躯
试图保持这片净土的安宁

目光栖息在江南　那里有我的故乡
梅雨洗净了这条长巷
让那把著名的纸伞飘过
惹得墙内初绽的梨花纷纷探头窥看

目光没有翅膀　也不需要加鞭

注入好奇的内容　寻美的向往
它就成了一只神奇的玄鸟
会载着我的梦想　飞抵地角天边

诗意飘飘

寂静　一再被飘荡的柳枝
轻轻地划破
黎明的风景　阳光蓬勃
一阵不肯歇息的河风
不甘寂寞地坐在
柳枝上悠闲地荡着秋千

整整一段凝视的光阴
沉默　伐光了所有的声音
却又被　那细长的柳枝
拦腰切断　而我仍单纯地坐望着
像炷点燃的白烛
身上淌满了滚烫的语言

在这河水和岸堤之间
柳枝飘飘　诗意的六月
被一种舞姿柔柔地荡起
在卑微而短暂的生命里
挥动着自己小小的快乐
黄昏下　我无意中发现
因眺望而搭在额上的手
竟越过了夕阳身后的岁月

老码头

树梢上的孤叶　只要听见声响
便会红了起来
河水也跟着红　还有雾
还有雾中缺牙少齿的码头

岸边的船帆　都嫁给了岁月
只剩老树　固执地守护着史书
那曾经繁华一身的名字
在没有船歌的石阶上
比秋天还空旷　像老树枝头
最后的那片叶子　任寂寞拍响

回忆　沿着车辙的旧迹溢出
在青苔的阴影里　四处流浪
一个老者背着家　回到当年
离别的地方　向天空上的流云
向飞抵故乡的雁翅　细诉重阳

一场雾　包裹起岸边的风景
一场雾捎来的秋风
从破败的乱石上一跃而起　云开雾散
荒凉里除了虫鸣　已是空空荡荡

合欢花

有生以来第一次
好想摘取一个花名
用它来度量
月光映照在你我身上的光晕

在雾中　站成两棵树
伸出的手指
代表着颤动的心事
如果能触摸到你的笑纹
它将充满红颜的温馨

身边的景物依旧
有个词沉默多年　如今突然开封
成为一股不可抑制的春流
目光被柔和的气息染红
舌尖清甜　往昔俱已溶解

夜里　窗外有歌声走过
惊动了梦中的一帧画面
一旦回忆成河　目光便会起风
让两个不同枝上的芬芳
美丽地旋飞成花朵

忘忧草

一瓣瓣的笑靥
一点点拱出　蜜蜂听到拔节的歌声
醉醺醺地拍翅伴舞

立足于草木的疆土
挺直昂首仰望　用细长的手指
拨动起长风　催促花朵
始终保持绽放在最美的角度

一滴露水　也是心中的湖泊
正直的腰杆　就是一座山峰
一种植物和另一种植物
是两种形态的国度
相似的背景　却唱着各自不同的歌

混浊的空气里
坚守着生命的原色
在日出日落的平凡里
将所有的伤痛擦去血渍
紧贴在自己的根部

瓷茶罐

一只瓷质的茶罐
老得缺牙少齿
却一直在爬满皱纹的木橱上
正襟雅坐

简笔勾勒的青花
高深莫测
无论从哪个角度观看
都不苟言笑　周圆饱满

一捧泥　有了水洇火披
便有着意的窖温和釉变
小小的罐面
不知沾有多少代人的掌纹
藏过多少茶树心尖上的子孙

近观　明明只是一只空罐
却听到了百年茶事的风声

古陶壶

你原是一抔土
在某个从未谋面之人的手中
与水结合　旋转凝固
在火中诞生　起名为壶

日出日坠　花开花落
你成了一位不死的寿者
毛糙的志向　被岁月抹平
所见的往事全溶入水中
用火沸腾　自己却盘腿在沉默之上
心安理得地打坐

身上的泥味　早被熊熊的烈焰舔尽
模样也因窑温而脱胎换骨
以不变的世故应对所有的流云
无欲无求
只在夜深之时　倾听月色
再将　旋飞起故土的秋风
悄悄灌满　深藏不露的空腹

碎陶片

古陶　以破碎的身姿
一睡千年　世间的风雨
对它只是一片
沉梦中　那鼾声的回声

像一片固化后的往事
像一条冬眠不醒的蚯蚓
像一粒划过夜空的星子
栽进了冰冷黑暗的洞穴

一束阳光　将沉梦劈开
碎陶　被生动地拽出
它不知道　有很多人
患有端详它骸骨的爱好

从此　碎陶再也没有合眼
泥香被剥去　唯一披盖的
是一波波惊诧而异样的目光
谁也说不清　在何处静眠
才是碎陶自己喜欢的安乐窝

夜荷

风驻足　停下一路飞奔的脚步
为月色腾出空间
春天已经来过　在它身后
荷塘的每一个角落
留下绿的幽香　让隐秘的叶脉
走不出季节和生活的刻痕

一叶沉甸甸的清泪
不闻鸡犬之声
不见眼前的夜雾升起
只是将欲断丝连的情愫
牵扯无言的过往来生
任雨把水面抬高　铺满时间

继续等待　等待最爱的那首词
从宋代走来　从窗内的折扇里
伸出细柔的吟唱　把羞容抚爱
可荷塘再圆　也圈不住身外的
世态炎凉　即便玉足甘陷泥中
把笑声冻结　也难阻滑落的岁月

浪花

远远望去　那一排排水声
细细碎碎的开心事
突然湿润起来
异乡的岸　只剩下孤单

四下都是黑　落在夜的深处
如乳名很轻很软
几块礁石醒着　议论着
这场潮汐里　发亮的伤感

浪花盛开　一朵接着一朵
叫不出名字　就像山里姐妹
那无忌的笑声　裂开了口子
让我的心　在爱惜里滑倒

痛感的部分在水声中弯曲
弥散出往事的味道
一声乡音　静伏在海的呼吸上
托起老家屋后　山溪的呼唤

骨中的铁质

抬膝挺胸　关节处
常常发出铁质的声响
我明白　那些坚硬在
骨骼中的铁　都还活着
让粗壮的脚稳如长桩
伫立在　岁月的缝隙间

骨中的物质是血是肉
是可以液化流动的铁
当思想燃烧的时候
它就和其他的器官一样
在现实生活的熔具里
沸腾不息　高亢如歌

纵然沉重　我也知道
随意一截含铁的骨头
也能以愤怒为力而飞
但漂浮不起的是它的沉默
当落入水中　它的声音
注定会　融化在一个人的心里
伤痕累累　波澜不惊

所有骨中的铁　都源自于心
存在于它能去的任何地方
神情如一地翻动着日子
和天地人相依相偎　温热如新

背影

一个身影
一个比城市夜色更暗的身影
在无人的角落
弯下腰去　雨后街面上的
水洼像面镜子
映照着星光　映照着疲惫的额纹

母性的目光　在箱里细心地分拣
就像我在厚厚的字典
掂量着文字　谦卑的小车
不堪重负　时不时呻吟几声
所有城里人的不屑
都被处置得整整齐齐　排陈有序

小车　吱吱呀呀地丈量着
城市之夜的长度　废品站的灯光
才是他们自己的黎明
那里的秤杆　能点废为宝
将一车弃物　转化成儿子的铅笔
还有一家的日常生计

此时此刻　另一个老实巴交的
影子也走出了家门
他要在高高的脚手架上为这个城市
迎来晨曦　他也许会低头望去
在大街的人行道上
有个熟悉的身影　正将步子走成喜悦和坚定

风铃声声

风比夜长一对鸟翅
载着一声悠悠的风铃声
从夜的缝隙里钻出
为践行一句诺言　风雨兼程

缕缕回声　闪烁着洁白的牙齿
一阵清凉单音的词
把我的名字擦亮　音色优美
绿叶听了溢出露珠
天上的星星听了　动情地站立不稳

风铃之声　在黎明中旋飞
身姿爽朗而透明
所有的花都昂头侧听　没有一瓣妒忌
我站在峰顶　双手尽力张开
像另一片铃声　紧紧地拥抱
这来自千里之外的深情厚谊

风铃之声栖满了雪　终年不化
高高的屋檐下　它要站立一生
枝头的梅　与它的身影保持一致
在蓝天里　成为我难移脚步的风景
久久地对视　灵感竟然冒了出来
笔尖流淌的尽是锦绣　风铃笑了
别看指茧粗糙　也是描绘梦幻之笔

山河岁月

站在岁月的山峦
将伫望的目光
宁静地散布开来　均匀地铺在
了如指掌的山河之上

河水　被风带向远方
在经历了难以想象的黑暗之后
在无根的雨中
露出了皎洁晶莹的面容

群山之下　袅袅升腾的炊烟
像一群追逐夕阳的羊群
有序地逶迤西去
流淌出另一种灿烂的颜色

我的稻谷醒了　在梯田里
它们整齐地排列成行
以一种成熟的芬芳
牵引着月亮　从多云的抑郁中走出

展望　不仅是一种生活的片段
更是一种向往的心情
在岁月中　与劳动且歌且舞
我就是山河中的一株小草
一滴雨露　一缕快乐的阳光

秋风吹拂的文字

秋风　用清凉与夕阳对峙
在僵持的缝隙里
那年的我端坐其间　悠闲地喝茶抽烟
一本小说　在膝上新鲜地等待

土地仰卧着　承载着天空的分量
古寺在目光的尽头挺立
把苍茫的钟声递来
将书中的文字拂洒一地　四处蹦起滚动

仔细地将它们一一拾起
放回原来的出处
不知不觉便喜欢上其中一段情节　它在娇小的秋夜
用玫瑰的颜色　把文字抹得多彩

就这样　就这样在秋风陪伴下
我用真挚的安静
努力地翻阅情节的每个路口
只在叹息中停顿了片刻　故事便衰老了容颜

人生竟是如此的短
爱情竟是如此的薄　无果的结局在心的深处掩埋
指尖的涛声被夜色收走
让白发长成夕阳般的封面

我是你的影子

那些庄稼　那些农具
还有那些被汗水淋湿的风雨
我久久地等待你
早点回家休息
用你的睡姿　把我收复和安定

我是你疲惫的影子
跟随在你的身旁
从你学步开始　就从来没有分离
天长日久　把荒芜走成道路
在四季的天空里
读尽了你的农谚　你的爱恨情仇

我是你另外的一个田园
我的人间烟火是你理想的归宿
你日出而作　带着企盼
一顾倾我身　再顾倾我身
我放弃抵抗　放弃离走和抱怨
听任你在我的怀中栽瓜点豆

你站立我仰卧　你倒下我就在月上看你
其实我也会劳累
常常会安眠在你的梦中
那里的溪水清明得像你的眼睛
像我的头发　这些年来它越长越白了
把我白成一个老妇
快跟不上你没日没夜　那勤奋不懈的脚步

一匹与我对视的马

忍着酷热　你整整奔跑了一个节气
当我打开电脑的那个瞬间
看到你威风八面地站在我的面前
蹄声阵阵　摇晃着我的惊喜
将有序的诗行　踏得火花一地

你清亮的眼睛　把秋水默写成优雅的距离
嘶鸣中带有古典的嗓音
风不停地撩动着你的喜悦
在瞳仁里　映照出清纯的涟漪
眉间洁白的心形　如一瓣新菊的笑靥
像月光触动了前世的情语

大地如此空旷　空旷得只剩下你我的对视
和我深入浅出的呼吸
我用眼帘抚摸着你油亮的身躯
目光静静地穿越你我所处的地域
等待时间的钟摆　荡起同频的乐曲

奔驰在　我为数不多的好友文档里
从此　让我的日子充满奋进的激情
我的梦乡是你永远的驿站
而你的响蹄　是我生命里搏跳有力的心音

我的田园

我的田园　是一个不大的地方
生长着鸟鸣和庄稼
足迹所到之处　风和日丽
常有诗歌飞翔　寂寥的叫声
像片片白云　从额顶上掠过

多少年来　这是祖辈想要的生活
一片养家度日的田地
一盏能够照亮黑夜的灯盏
除了镰刀和锄头
手里还有一支写字作画的笔　如此这般
他们像山河一样宽广的心胸
就不会有忧伤的波澜
所有的人和物都能拥有透亮的欢颜

有闲之时　最爱在这里走走
当夜色倾泻而下　掬把灵动的月色在手
沉浸起繁茂的往事
摇荡出　那一圈圈相随的涟漪
如泣如歌　记忆是唯一发光的草坡
只有立足此地才能看见
爱情在桃枝上开花
看见风在为黎明开辟道路
才能看见当年的自己　正在树下品敲着
文字的核桃　品尝自栽的菜瓜

如今　我不再是向月光提问的青春少年
我已用汗水换来了这片田园
一条散发墨香的溪水
绕我而流　一队赶路的诗行
把我目光里的晨阳
擦拭得飒飒有声　催我在清晨的田园
蘸抹起霜色　叙写起自己的秋天

风中的遐想

一缕风　从岁月的缝隙里奔来
惊醒了我的眼帘
比风更薄细的是
那只飞燕
在马蹄之下的丝丝喘息

无路且无方向　回音中
仅是马蹄声声　在八月
热浪的最高处　响出
一丛又一丛草原的青色

异域的风　尽是秋的消息
途经之处　纷纷的艳丽
被抖落下来　让瘦长的枝条
露出了　尽心掩饰的原色

推来搡去的那段怀念
已寄宿在一片云中　孤独时
必定有风雨袭来　在心底
如果被洪水围困　除了泡沫
便是史书上　分分合合的潮汐

橱窗玻璃上的趣事

此时一个晃悠着尾巴的小狗
在商场橱窗玻璃上
明明亮亮地晃动
它被主人踮看广告的鞋跟
还有路边闲望的我　友好地挽留了片刻

惊奇中　它发现自己拥有了
两个相同的模样
一个是它的身体
另一个是玻璃上的身影
双方伸长脖子　歪头对视和叫喊

小狗想把对方吓跑
可对方却露出了跟它一样好看的牙齿
愤怒地转身蹲坐　再偷偷回望
两只尾巴却在亲热中随风摇晃

香水的气味开始移动
小狗要回家了　无言中它靠近对方
午后的阳光下　橱窗的玻璃很亮
光亮中　走着一对孪生的快乐玩伴

你的笑颜

——献给郎平

在大中国的版图上
可以耕作和收获的土地很多
有这样一个地处高坡
不大的田陌
却最是吸引世人瞩目

一位母亲　为这块
田地的收成日夜操劳
日落不眠　日出而作
把所有　飘在额头的雪
全都悄悄咽下渗入心间

家中全是姑娘　便将她们
当成儿子来养　暑去寒来
疲着惫着　硬是走出了这
刚柔相济的队伍　想想
在风雨交加的路上
连梦都是滑的　每一步都需要
用怎样的坚忍才能跨越

到了　又到了收获的秋天
亲人们在看　对手们在看
全天下的人都在看　看一个
金灿灿的秋果最终落在谁的掌间

你终于笑了
谁都知道　这明朗的笑声
有着与山河一样的　壮烈

奇迹　是一盏耀亮人心的灯火
当所有的观者　舒展一口气时
季节就变了　整个世界的眼光也都变了
变得那样赏心悦目
变得这般口服心服　人们明白
这片田地上　所有收获的喜讯
都与一位母亲的笑颜息息相关

隐居的影子

隐居　是一个生命过程
也是一种　表达存在的方式
它如果失去了呼吸和情感
那便成了易于理解的光学现象

风认识我
无论我是在隐居中生活
或是在生活中隐居
它都能找到我
让很久以前的各种故事返青
成为林中不会褪色的风景

隐居　能强化视觉功能
以隐居为镜　不经意时
你能发现　时光流得很快
当你经意时　又会发现
时光流得更快　人像一条鱼
游在其中　懵懂而自在

我用初到的秋风
清洗着自己的嗓音
在隐居的遐想中尽情地歌唱
让日子在刻意掩藏的诗句里栖息
就这样　把相依为命的生活
放飞在　自由在握的天空

面对滚烫的日子

面对滚烫的日子
我选择了回避
在房间里涂抹着风景
即使想象已被烘焙出焦色
仍然没有放弃
因为我必须珍惜　剩下的每滴汗水

我拒绝了阳光
甚至整个夏季
窗外的热浪持续地挑战　我的耐心和毅力
稿纸上的文字开始发蔫
笔尖上的溪水也已枯尽
土地的旱象　是有生难遇

当风　从柳枝上传来秋的消息
像祖辈慈爱的目光
清清亮亮地　穿越天庭
抚慰我　发苦发涩的胸膛
这柔软的力量　给我的守望
以壮丽之美　支撑起新的心力

今天　我撕碎了纠结一季的郁闷
推门走进这片夕阳里
驾云而来的雷声　伸手可及
让眼前的尘世变得单纯明净

挺立山岗　我在心静中等待
等待那场　远嫁他乡的秋雨
在风悠扬的歌声中　匆匆归临

拜见家乡的河山

这么多年来　第一次
只身返乡　背囊很轻
最重的是我的那本诗集
瘦弱的怯情藏在衣摆里
时不时从襟间里探出头
用阵阵山风　擦亮起惊喜

山顶上席地而坐　面向黎明
敞开胸怀　接纳初升的阳光
静看百亩梯田　金黄的稻浪
随风而起　壮实的年景如画

目光如弦　那头被鸟鸣拾起
拴系在镰的刀尖　镰起镰落
抚弹出　村姑那爽朗的笑颜
溪水有意　把老牛的蹄声串起
编成纯朴的扇子　拂燃起乡音

驻情而立　拜见那家乡的河山
南风暖热　烘干了盛情的泪渍
车轮在归途中提速　渐老的回望
被村头的枫枝越拉越长

飘飞的妩媚

一枝荷　在雨珠的伴奏下
静静地展开　一缕清香
刹那间　从里到外依次红了

层层叠叠的鲜艳　簇拥起一个祈望
让惊喜的文字
就这样成了镶上汗滴的诗行

从泥泞中走出的妩媚
都有难言的隐痛　清丽的身姿
有着一段长满尖刺的过往

每一片无言的花瓣
就是一滴奋争的热血
每一抹花色　都是努力背后的泪光

守望着这一片绿水
从远观是静止的画　走近细看
是一个向往正对着阳光歌唱

妩媚也是一种飞翔　无须借力
只要从心底出发　所有的美
天地都会赐予一双隐形的翅膀

月光寺

像身披百衲的老僧　盘坐
在古钟的余音里　碎月
从身后的松枝上　滴落
在草丛中溅起　虫声几粒

已近仲秋　上山的石道
阴凉留不住疲惫的喘息
木鱼敲数着天上的星子
偶尔敲碎几颗　残片带着
泪光　在云角处一闪而去

你在山顶　等我渐渐走近
等我能清空双肺
收藏起隋末唐初的空气
为我把不合身的玄衫黄裤穿起
走进那缕千年不绝的香火

没有耀眼的堂皇
有的只是那盏豆火青灯
照护着满橱线装的典籍
偶尔窗外有风走过　拂响檐下孤独的悬铃
将诵经之声送进古朴的宁静

我的脉动　记录着这片场景
并在心中悄悄地复印

收藏在余生里
以便今后每个黎明的路口
有它探出头来把我点醒

漂浮水上

仰卧在水上
模仿一叶荷的形状
一边仰观白云变幻的过程
一边寻觅　静水里隐藏的声响

擦肩而过的莲花
在近处假寐　面色红润举止优雅
它的气息　引诱着远道而来的目光
一只白鹭旁若无人
弃秀色而不顾
一心一意为儿女捉鱼捞虾

我不是一粒筑堤的石子
湖水没让我沉淀在水底
但我愿意把身子浸入水中
成为水的一个小小的内容

岸边的老柳挥动起手臂
为这片寂静扇起一阵凉风
浪花惊醒　从水底探出头来
圈圈涟漪　推我从莲中穿行
游者观我如鱼　我看游者如柳

稻浪的旋律

借阳光之手
在波动的穗尖上拨出音符
让风深情地推动起重重稻浪
与山林的涛声相互呼应
彼此的默契　俯首起伏
和声起　向大地致敬的
一曲古朴而美妙的旋律

思绪所立之处
有往昔的诗词飞过　泥香四处弥漫
将初秋染透　渐红的古枫
耸立在稻浪的岸边
如杆硕大的红帆
托举着醉意未醒的夕阳
晚霞纷纷飘落
农妇慈爱地拾起打捆　晾晒在自家的屋檐下

月色抵近　手捧土茶一杯
稻浪如歌　催我细品乡情
在这样的地方　所有归途
不同的心　都会安静下来
我是个热爱音乐的人
我想把这支旋律
安放在新的一页记忆　但它美妙辽阔
让我穷尽梦境　也无法装进

玉之花

我记得　是在那年的
秋天看见你的
你当时安坐在深紫色的绒布上
仪态万千　我大号的惊叹
在玻璃柜上滑倒
摔碎在大厅里　那没有阳光的地方

真想知道　要用多少岁月
才能把你熔炼成一块璞石
要用多少心血
才能把你雕琢成春天的模样
而你保持着沉默　把所有的心声
深藏在暑去寒来的每个时段

灯下读你　低头全是含香的细节
你的信息来自地下
更来自人间　一双巧夺天工的手指
把你含羞的丽质绽放在千秋岁月
所有的目光便是你的太阳
风霜也找不出破绽

花开花落　而你不败的花朵
是我心底的企盼
我悄悄地把时间折起　安置在裤兜里
让记忆稳坐在肩上　走进生活
去寻回　因你而走失的笑声

山村里的古训

小小的山村
像一只厚实的陶罐
最适合保存古训
即便是偶尔开启　也是以家族的
形式潜移默化　代代相传

在我的家乡
古训是刻在祖先牌位上的眼睛
无论是白天黑夜
都走不出它灼热的视线

每当农耕时节　红白喜事
古训便会一路走来
不曾缺歇　在有规可循的注视下
人们将所有的事务
从心里捧出　然后敬畏地对号入座

我的山村　是古训的自留地
古训　按着更老的古训指点
在这里种瓜点豆　收获稻谷
如今　人们在灯下盘算各种数据的时候
我都会看到古训
悄悄地盘坐在祠堂的屋顶上
用它日益衰老的泪眼
相映着　天上那片古朴的月明

铁轨

每当我　想家的时候
耳边　就会响起火车
轰隆轰隆驶过的声音

火车在铁轨上激情飞奔
强大的力量
震撼出阵阵滚石般的旋律
而铁轨在声浪中沉默
以一根坚韧的脊梁　承载着责任

火车　并没有在意铁轨的情绪
就像它也不会在意我
在它的心里是否找到座位
它只是照着墙上的那张时刻表
一路高歌猛进

岁月如水　风景一晃而过
我手中的车票越来越薄
而火车如今已是时装笔挺
铁轨依然如故
仍以那根铮铮的铁骨　始终秉持着
当年躺下时　那最早的初心

夕阳里的那缕弦音

走近夕阳　我的目光如弦
被晚风拨响
波光粼粼的河面上
细碎的音符连绵不断
渐渐掩盖起人间的气象

放飞伫望　青山如黛
弯腰洗漱的老柳
持守以往的沉默
调校着内心的年轮
然后借助风力
重新站得挺直高大

我沿着步道　在弦音里游弋
从记忆中借来一段
诗句当成翅膀　练习飞翔
这时　我看到繁茂的稻田
有镰刃的反射　一闪而过
像我的情绪　灵光过后
又归于深不可测的安详

省略目光以外所有的风景
让岁月　依旧像是流水
在落日余晖的照耀下
柔意清凉地抚慰着我的目光

像是洞察了身后的足迹里
我留给夏日的
那些弯曲不平的孤寂与苍茫

紫莲花开

最绝艳的紫莲花开在七夕
譬如像你这一朵
用本心孕出本心
用花色修饰花色
半空中悬浮的芬芳　发出鸟语
像一苞红运　抿笑还羞

夜雨沐浴　那溢出身外的水滴
汇一条不涸的香溪
红中呈紫　令梦中的星子
睁眼　让所有不眠的灯火
隔一帘雾水　静静地伫望

以一页素洁的夜为背景
嫩嫩地张望　呈纯朴之形
月光翻转　初绽的心事荡漾
很近的远空像一条河
导引着　你的青春蓬勃流动

弯曲的去路　暗示你一生的清欢
其实清欢更是一种快乐
以昂扬的姿势　将最鲜美之物
用最古老的形式书写
含笑而来

抚琴之手

驻七夕于琴弦之中
檀香缭绕案间
隐于长袖里的细指
欲言又止　所有的静寂
被一声鸟鸣划破
枝头飘落几滴无言的花色

窗外有雨
把心事抚于琴弦的刹那
檐上便有了水声
沿着此类的听觉寻去
草叶风中的质感
莲花那不甘示弱的呼吸
清音鼓动　令山涧皆响
一生悲欢离合的情节
全部融为落花流水的场景
最终被疾飞之指
定格成抿声静气的涛声

悲音终于碎裂
悬置之心重新红润
但弦声却无法重来
琴台之下深不可测
渐行渐远的余音
早已与抚琴之手上滑落的泪滴
在风的催促下　同归于尽

一个节气里的飘思

立秋　无论对于一个季节
还是一个人　都是道关口
风仍然在吹　但从内容中
已经显现渐行渐凉的气息

一场雨悠然走过
身后的街道湿润而洁净
在回应秋蝉的鸣叫之时
我看见飞鸟的翅影
在草叶上画出一线清爽
暗示着某种告别

我在心里默读着这片场景
伸出手　在残温渐散的触摸里
沿着时光的脊背
避开感伤的锋芒　紧紧贴在季节的胸前
细心倾听　以呼为节　以吸为奏
抬头静观　复生之秋重新燎原

俯身于土地之上　为种子寻觅藏身的地方
笔墨的黑白繁简了
多少文字不同的命运　既然如此
那就随风而去
把一叶飘飞变成一季唯一的选择
路旁的窗内仍然温馨着细碎的议论
入秋的虫鸣　却让它显露出木质的年轮

临风之树

临风的树　没有花色的歌声被风掠走
引来遍地露水的怀念
今夜无云　只剩下立秋的独月

是谁　走在最后那滴雨的身后
让失去歌声的树　被夜一染就纯洁如雪

一柄晶莹的伞
被似水的月光插在山头　美观如玉
挺拔的身影在波光的石上
映照出宋词的意境
季节的深处　典雅的文字开始成熟

其实　飘远的歌声就是风中
小鸟的羽毛　五彩的翅膀
御风而归　栖满爱情的树上
有人用月色镶嵌的嗓音歌唱
于是　向黎明渗洇而流的
一条是落花　另一条是希望

紫薇花开

每当烈日当头
心情被阳光烘烤的抖动之时
我便会　把滚烫的目光
放在紫薇的芬芳中冷却

在应该盛放的时节
在竹篱旁　在小村随便哪段泥墙上
小小的紫薇花总是
尽心尽力地绽放
也许是因为性情内向
也许是在子夜里啜饮了太多的月光
无论是否有人注视
它的花色　都是这样质朴而温良

一年又一年
紫薇花带着绿色的企盼
陪伴着我的目光　见证着我收获的悲喜
守望着我遗失在字里行间中
所有的畅想
它的静默是善解人意的抚慰
轻轻地一摇　便拂去了我所有的惆怅

热浪滚滚　我按下诗意的开关
搬一把椅子　俯身于稿纸之上
用眉清目朗的笔尖
流淌起有关　紫薇花开的种种怀想

立岸观水

如此奔放的骤雨
从天空的某处倾斜而降
以久远之重在我的
诗歌之上一泻千里

目光　从湿漉漉的岸边爬起
浑身披挂着杂乱的树枝和水草
以及一串串镀满灯火的文字
晨风载着夯歌而来
旗帜一样的旋律
漫天飞舞纷纷而至

岁月如水　无论是涓涓细流
还是那道道浊浪奔腾的洪峰
形式都改变不了前进的内容
我的身体　贯穿于这种沐浴的过程
以不变的姿势踏浪而行

在风雨中醒着　从水的源头
反复寻找史书上记载的故事
让那些干涸的文字　投身水中
漫过所有的遗忘
从我久立的江岸一闪而过
重现蔚蓝的天空

风中的文字和野花

借着风势翻过篱笆
在一片草地上
用一种闲庭信步的姿势　随处看看

不少野花亮在那里
它们是季节的反光　每个细节深处
意义仍在继续　花香虽不典雅
但绽放的形式　却别开生面

对面静坐　总感觉我是它们的亲戚
沉默里有着血脉相连
一花在手　像支昂首挺胸的民歌
晨光仍在沉睡　它就把自己照亮

风声转身离去　有花香紧紧相随
真是幸运　在我和文字孤独的时候
有这样多的亲情在此地同时到达
我心怀幸福　既有山河的问候
也有满目的锦绣　文字开始生动
双臂张开　在自由的天空中翔舞

老屋前的池塘

老柳为伞借一方荫凉
我端坐竹椅之上
静观塘里的荷花按时节盛放

荷叶　像一艘平稳的渡船
一程程地把我送达以往
粗糙的手指
在岁月的目光里　画出道道涟漪
回忆中的情节像摁在水中的葫芦
不经意时便浮现出来

一想起指缝间流走的光阴
就觉得此时　应该摘束荷叶
深情地闻闻　那上面阳光的
味道特别珍贵　如翠绿的童年
一哄而起　转眼又绝尘而去
把我夕阳下的回望　甩得老远

真想背对时间　就这样一直站着
像塘前的那棵柳树　静听流水
让老屋墙缝中长出的那些小草
与塘里的莲花一起　装扮故园的梦境
和我的诗行相依并行
彼此牵手走过夏季　清爽安逸

在呼吸沸燃的日子里

在八月　在呼吸快要沸燃的日子里
我重读水中的那些时隐时现的堤坝
读着读着　心情
便静静地长出一片牵挂

走进这片牵挂深处
俯身拾起当年的一段场景
真心感谢史书上那些为此命名为抗洪的人们
一个抗字便让所有的血汗
发出闪亮而鲜活的光芒

与阳光相似　水中的道道浊浪
没有岸　天地之间是它们生命的循环
千百年来朝着一个方向卷去
没有回头　也没有任何遗憾

故土　全都茂盛在临水的地方
足迹　延伸得再远也还在岸上
每当　到了收获的季节
人们便会涌向千里河岸
在风雨和骄阳中　筑起道道人墙
没日没夜　以生命之躯决一死战

我也曾经是堤岸里的一捧砂石
见识过洪峰的张狂和生命的力量
今天　透过窗口遥望堤岸上的灯火
夯歌阵阵　催我回忆满嘴苦中透香

八月的鸽哨

清晨　一声悠扬的鸽哨
掀开了八月第一张日历
一片橄榄绿
在硕大的操场上整齐划一
新鲜的阳光　在枪刺上薄如蝉翅
被雄壮的歌声　送上天际

旌旗如浪　鸽哨在风中穿行
一声接着一声　拂出一串串凉爽
迅捷而轻盈地融入了
阳刚的步伐　在落地的刹那
有一种豪气腾焰而起
责任将青春推至新的高度
塑起一个　军人使命的伟岸团队

耸立如山　鸽哨在红星上旋舞
一圈接着一圈　盘现出一朵朵向阳花
朝着黎明的方向绽放
汗水漫起的涛声　把艰险冲走
将火热的生涯一步步向前推进
五湖四海的方言
把责任紧紧握紧　任山河的壮丽把身躯包围

面对八月　用昂立的站姿敬礼
当鸽哨掀起旗帜的时刻
让身后所有的汗迹　擦亮钢枪上的啸声

向七月挥手

依风而立　因为我不能再推迟
对七月的挥手
我是一支笔
在静止的稿纸上
承受着汗水凝结起的激动和难舍

在七月动身的时候
我看见成熟的稻穗
准备在镰刃的光亮中
移交出自己的位置
农人的笑颜正顺着炊烟　袅袅地翔旋

在七月转身的刹那
我把手高高举起　从风的角度
触摸世象的原色和亲切
草色渐深　让那些看不见的话语
在倾听中渐行渐远

在七月回家的日子里
我在日历上等待
热情洋溢的黎明正涉水而来
与季节有关的故事
我想告诉所有的孩子
在与七月相处的日子里
不全是随雨而来的悲欢和洪灾

孤柳

九曲回肠只身持守着那片孤独
心知牵系不住所有的归舟
便任长长的柳条随风而起
放飞忧思
静听　云中飘落的片片回眸

在一次风雨之后
所有的欢歌如今只有草叶青青
梅雨时节　思绪如羽翔来
从青丝听到白发
从歌楼听到萧寺
年轮在冷月的催促下　一圈圈地平添厚重

水波折映着背影
承载不住方寸荆棘　无力呼唤春风
到了这个年龄
已不在乎夜里失眠或是酒后的惺忪
每天的生活　只是牵着记忆
在唐诗宋词里闲庭信步

不再评论那些年年盛开的花朵
不再纠结那些半途转身的脚步
孤立昂首　用一棵树的全部绿色
去怀抱　头顶上那片硕大的星空

浣纱女的雕像

以一个不变的妩媚　站在河边
你的魂留在岁月的深处
当年窥视你的男人
都在哪里　如今剩你一人
独自面对　千年中的风雨

隔着秋水　看见你的后人
在你的身旁辛勤地劳动
手里摆弄的　不是柔软的长纱
而是各种实用的农具

岁岁年年　庄稼在田间被收走
又在春风里　坚韧地抽芽
亲人们在平凡的日子里
要记的内容太多　对偶尔的忘却
你以宽容的沉默来面对

久久地凝望　从各个角度猜想
哪种表情　更接近你本心的安放
我已经明白　历史中所有的残缺
都是要由女人来修补
然后再把她的魂从远山召回
用不同的材质　制成吸引眼球的鲜亮招牌

一阵风也能掀起感动

在闷热的子夜　一阵风
轻轻地触动了不眠中的
一片草叶　浅浅地抚摸
让来自天堂的馈赠
在草群中传达过去
簇拥起一阵欢乐　拥有了清静之气

凉风习习　让滴滴晶莹的露珠
以感恩的姿势滚动
激起的涟漪　在一言不发的
湖面上弥漫扩散
表达出舒畅的欢欣　融入这片感动

阵风吹过　这些简单的事情
日复一日　伴随着季节的轮回
渺小却不放弃　尽己所能地释放着它
清清爽爽的心意

风向我走来　黎明因此而晃动
我的心如一尾小鱼
在感动中畅游　也许没有人注意这个细节
但我会把这份感动　含在口中
相依走过　热浪滚滚的暑天

朝稻穗低头的方向眺望

站在田埂上　背负着晨阳
朝着稻穗低头的方向眺望
金黄的潮水起涌
漫上道道梯田　远处浪尖上有镰刃一闪

凝视得久了　抚摸稻香的手掌
便沾上收获的汗渍
不知不觉洇出一种好看的手感
从而茂盛起农家生活才有的舒爽

朗朗青天间　醉风舒展着翅膀
催起禾叶沙沙地浅唱
饱满的稻穗自在和安详　堂弟旁边说
要想估量收成　还得借助气象

在家乡夏日的清晨
我的视线变得更为简洁和明朗
那么多人影幢幢的声音和情节
又从泛黄的回忆中长大　闪闪发光

芽绿

就这样　挺立在我的目光里
站在你的身旁
抚摸阳光　每次仰望
都需要先看到你
然后才能看到那天空的瓦蓝

至今不知道父母的去向
你小小年龄就知道凡事要靠自己
默默地把根深扎在土里
积攒着力量

拜风雨为师　向老树学习
独自张开着自己的叶子
独自绽放着自己的花朵
独自珍藏着自己的心歌

没有翅膀　也没有骏马的坚蹄
仅仅怀揣着一腔自信
用一身不败的青绿
照耀着窗前屋后那片小小的天地

鸿雁

——听同名合唱曲有感

就这样　一遍又一遍地被你牵引
步入梦中的草原　雁翅鼓动起的风
贴着草叶　让我脚尖踮起
听目光尽头　那涌动的遥远

鸿雁翔来　在记忆的背面
柔情似水的琴声搭起阶梯
托举心浪之后　又用晚霞擦拭起
呼伦贝尔的明月

思念　如雁阵掠过天空
微醉的爱情亭亭于歌声之上
让最深处的温柔如花绽放
这一刻　一切苦难挣脱沼泽
泪水被雄性地挥洒　和声悠扬

心事　以一个优雅的跌宕
张扬起生命的狂想
真心尾随鸿雁而去　细看这世间
一面暗色斑驳　一面歌声嘹亮

与晨阳一同早起

风吹草低　与晨阳一同早起
将光阴搂紧在怀中
用没有装饰的动作
和稻穗一同舞蹈
在柔和的风中
露出一个耕者的底色

七月的早晨　鸟在巢中守着
还未出壳的诗句
一株粉莲在塘中　出落得十分清秀
岸上有风筝跃起　把晨曦抬高
而漂亮的女子正倚窗梳妆
用柔和多汁的日光　看日出山花

低头看自己过去所写的文字
一个错别字从眼角处
偷偷溜走　一段后悔的结尾打着
赤脚走了过来　用锈迹斑驳的笑容
保持着岁月悠悠的距离

嗓音的确有些老了
溪水却永远年轻　作为古镇的匆匆过客
用一声长啸留作纪念
再让炊烟高高挂起
在留恋的快门里　拍下天空瓦蓝的回应

一枚顶针

在老花镜里
一枚顶针在用尽全力
把慈爱顺着麻线的走向
将所有的嘱咐　用针脚连起

长着戒指的模样
却过着辛劳清贫的生活
浑身上下都是岁月留下的针眼
每当梅雨时节便会隐隐生痛

自从随着嫁妆而来
一个家庭便有了简朴的起源
顺着父命如山的指向
在灯盏的陪伴下
一针一线地走了六十年

把春天的花草和秋天的落叶
叠成好看的图案
再用希望把它缝牢
为后生们走出大山铺就了
一条舒坦而坚实的路面

顶针如今老了　岁月把它摩挲成
皱纹纵横的一圈薄薄的铜片
每当家里响起碰杯溅起的热闹
顶针便会独自地坐在一角
用它惺忪的独眼　慈爱地看着这片笑颜

每一天

真想在每一天的清晨
都能为自己写一首诗
以诗为槌敲响新日之钟
让夏日蓬勃的生机
在我生命的拐角处葱绿地跃动

每日新耕的诗田里
有长满野草的回乡小路
有多年前与我倾心相谈的百年枫树
还有　一年又一年割了又长的稻谷
一辈子吃草拉犁的老牛

在每日的诗田里耕读
带着仅存的那支笔头
以一个勤奋者的姿势展望
时光的碎片　从此不再是枯黄的秋叶
每一个微小的细节
都能让回忆感动　把自己栽进土中
就是诗田里长出的一株花朵

每天写一首诗　收自己喜爱的果
漫步其中　牵着乳名　举着花朵
把坐北向南的心窗打开
让芳香流淌　冲走所有猝不及防的孤独
用腾空的地方　装起阳光和星斗

泸溪夕照

奇峰之间
一条不涸的溪水
阳光下随风起波
弥漫花草混合的气息

双手一掬
满掌都是水声

往事如浪
转弯抹角地诉说
当年香火里的钟响
白鹭鸣尽
眼里最后的半边夏水
端详在枫枝之上　梦中
归途上的山歌飘然而至

被一个人长久地相依
存在才有意义
而且有山有水　芬芳很近

守望　眼里也有天涯海角
最先抵达的排浪
在夕照下
无风无雨地悄然隆起

穿堂风迎面吹过

在闷热的午后
突然有一阵穿堂风迎面吹过
它的身姿　清亮动人
把细长的弄堂舒畅通透

凭借风力　我翻阅着某段记忆的章节
掀起往事的衣角
卸下童年的某个部件
复制一份从未出口的情节
放在风的背上
请它捎给那个在云彩上端坐的人

穿堂风迎面吹过　力道之内
难抑的燥热成了它的俘虏
在最需要的时候　它来了
像一个救世主　牵着凉爽
贴着弄堂的红石墙面漫游

在风的推动下
我寻找一个小小的窗口　怀念起窗里
不眠的灯光　印证着岁月的图案
并在这个有风的午后
让我以笔为桨　摆渡时光

兰心蕙质

所有的香草　都与山水有关
省略曾经的曲折幽径
直接从草叶上着力　笔落花开
横竖撇捺　道道笔画饱蘸着豪情
让柔中酝酿出刚强
让阵阵花香　从此有了骨性

昨夜有人来过　足音尚存
风传达的信息在花丛中穿行
山高水远追寻的人
对芬芳心存疑虑　溪边响起的琴声
如前朝的锦缎　让爱成为绝响

倾听一刻　便在风生水起处
看出自己诗中暮气沉沉的破败一笔
没有什么爱是在
孤独中盛开　相逢趋于无声
却环绕起金属质地的颤音

朴香如海　清明着梦中深藏的自觉
柔弱之水在笔端上泛起
勾勒出暗许终生的归隐之地
以身试笔　成全夕阳西下的美景
直到此境成真　我且驭风飞去

与雨有关的诗句

整个梅雨季节
我都在纸上描绘风景
即使晴天的模样已被雨水渐渐褪色
我也没有放弃

因为湿热　我拒绝了雨的邀请
甚至整个湿淋淋的季节
当风从江堤上带来疏散的锣声
我才明白
闪光的雨声　是在挑战
心底深处的良知和勇气

不论我是否在意
瓢泼的雨仍然在窗外四处横行
像兽类的眼光　穿越夜空
触及着灾区隐隐作痛的内心
这浩瀚的力量
与堤上的灯火对峙　形成壮烈的画面

挺身而出　我只身步入雨中
以柔小的力量　证明昂首之美
扬起年迈的手臂　招风过来
让心尖上所有的牵挂和祝福
冲过雨帘　洒落在合龙的工地

荷之韵

血色的激情
已溶入片片花瓣
裹住了驿动的前世今生
一触即溢的浪漫之韵
泊在　目光潮动的水面
标志出风情万种的天气

诗句朝着风的自然流向
将那朵　最纯朴的萌动
定格在画面之上
串联成清晰见底的芬芳
点燃起雨后天晴里的绝色弥漫

一朵荷花　开在夏日的深处
温柔而无欲　似在牵引着
某种永恒的声音
像一串串清灵明快的脚步
带着风雨在我的梦中响起
声声催我凭窗而望
盘算回家的日期

誓言

在七月的深处
千锤百炼的誓言
在中国红的旗帜下
随着脉搏跃动的节奏
回响在碧海蓝天

初升的晨阳覆盖着甲板
透过新日里的第一道霞光
排浪随风而起
在舰首上绽放出花朵
像战士等待沙场点兵的那一声号响

晒成褐色的口音
表明我们来自不同的家乡
但所有警觉聚焦的地方
却有着同一个使命的力量

忠诚如旗　在风雨中猎猎作响
万里海疆　与思念对酌着月光
无怨无悔　在青春燃烧的岁月
军人的誓言　就这样百炼成钢

七月的仰望

无声的对话
始于七月抬头仰望你的那一刻
碑顶上的红星
是你凝视的眼睛

深沉的目光
穿透硝烟弥漫的岁月
延伸起　故乡里的故乡
山峦外　那重重的山峦
群像屹立　壮势扑面
血雨腥风中的呐喊
如层层浪潮的回响
激荡在每一个仰望者的心房

仰望是一种无声的对话
明白　什么是钢铁般的意志
铭记　什么是青石样的信仰
仰望久了　血液便开始升温
在心灵相通的对视里
把所有的仰望　重铸为新的铜像

记忆中的村庄

清晨的阳光正好
请你走上前来　透过我的记忆看看
你不曾见过的村庄

村庄不大　三面环山
面对的是精耕细作的梯田
稻穗的肤色金黄
在风的鼓动下　会发出磨镰的声响

耕牛在村头的枫树下待命
用响亮的哞声
述说着农耕社会的模样
你还会看到民间艺人的经典作品
主题大都与谷仓和祠堂有关

平日里　山里的乡亲都会很忙
山道上相遇　也会停下负重的
足音有礼谦让　男人的袖领汗味浓重
缀满了女人整齐的针脚
老者的笑纹坦诚而深刻
常让山外人联想起黝黑的民谣

夕阳西下　你最后会看到暮归的牛羊
会看到纯朴的条条炊烟
还有亲情丰满的灯火
会看到严肃的夜风把山村的一切收走
只剩那　溪中的碎星和孤寂的月光

山居图

远见村舍疏落
几株老松的倒影流觞
对月当歌　掩卷听风
日子久了　便成了
他人眼中的风光

季节的味道　随风而来
笔中的意象疯长
此时无关风月醉了也好
闲情的山路　不用汗足点化
岂知它的版图幽雅

在山中静待多年　以隐为安
可待在哪里　也活不过百年
那支竹笔熬不成一柄神剑
心拈莲花几枝　为除眼中浊水
静好无悔　一生的燃情等待
沉入酒香之杯　融为一段传说

被风吹拂的记忆

日出而作　我用双脚
丈量起记忆　途经竹山
有风　从绿梢上传来消息
一位头戴花巾的姑娘
正在山上呼唤我的乳名

我忙碌着　赶牛提犁下田
泥浪翻滚　成串的汗珠入土
多事的八哥　还在催我快行

耕耘　就是从不同的角度
与土地对话　用各种季节的阳光
将相传的祖训照亮

也曾想　尝试着用自己的力量
穿越身前身后的目光
让那些新鲜而饱满的梦想
每天都悬挂在我能到达的地方

记忆如风　次次都会在旧伤上
擦出丝丝隐痛　好在时光很快
每当读出　锄禾日当午的诗句
自己还是个顽童　慢慢想起
汗滴禾下土时　却已成了老翁

世尘如烟

站在山上
你是一个离河很远的人
目光在桃枝上盛开
装饰起内心深处的那个春天

一页素白的云　飘在蓝天之上
嫩嫩地流动
晨阳里　兼有红白颜色
岁月之左　白出初雪的羞涩
风雨之右　红出桃花的笑靥
远眺春水　恍见初升的炊烟
成很近的远景　透明的话语里
春风荡漾　体内温柔的小鹿
在雨前的雷声中苏醒　站起
偶然看见　初绽的蕾成了醉月

日子　嘀嘀嗒嗒地坠入深潭
一抹因失血而隐现的白
是花梗上至今不露的皓齿
世尘如烟　走出曾经的守望
野菊花透迤　除了黄色依旧
夕阳吐艳　用绚丽的霞云
渲染着　那一往情深的泪眼

立秋诗语

一个节气　从期待中
脱颖而出　一路柔歌
婉约的声线　就像一次哭诉
好像要赶在　最先到达的清凉之前
将盛夏那燃烧的嘴唇
在最短的时间里冷却

今天的黎明　与平时一样
炊烟　在黎明中独立而起
绕过羽毛湿稠的鸟鸣
在天空中画出一道直线
像根无帜的旗杆　企图挽留
渐行渐远的云朵　尽力而为
虽说孤独　却是全力以赴

秋水如镜　没有浊浪可供掩饰
仰望中的热尘减少　气温下降
日历的一页翻动　便能改变
季节的面貌　一片未红的枫叶
虽然无法传递出收成的信息
但吹出的哨音　却能在目光中穿行
描绘出一片崭新的风景

汗水浸渍的文字

午后　妻子抱怨说
入夏以来　就没刮过
一阵让人舒心的风
我搜索着记忆　并承认
我对夏天之风的认知
远远不如她对此的关怀

面对窗外　枝头上的知了
那声声催人激动的叫嚣
真想告诉她　入夏以来
我一直都在无人处梦想
成为一阵吹拂她全身的清风
让她在切菜之时
能够浑身爽朗　游刃有余

当天空的云朵纷纷逃避
阳光像沸水泼洒大地的时候
我还想告诉她
老家田里的稻香正需要炎热
晒场上的收成全靠这般烘烤
我还想要告诉她
某些事情其实比暑天　更加让人烦闷
不是靠一阵风就能吹拂动的
也不是想拎　就能拎出
因积淀而滚烫的心怀

熔炉里闪烁的阳光

即使是在大工业的地图上
贵冶　这个名字也是灼烫的
这个名字　是个巨大的熔炉
装着沸腾的铜水　装着另一片
飞溅的阳光　金色的浪花
涌动着　把红石岩的黎明拍响

风起贵冶　高高的烟囱就像一杆旗杆
在工业化的潮头耸立
将一个梦一点点举起　伸向云端
又像一支大笔　精细地描绘出
现代冶炼的美学　粗壮的管道
把地底亿万年的气息
熔炼成金光灿灿的牧歌
将一种涅槃固化成一声　气贯长虹的呼唤

在东方的黎明里
贵冶是一株盛开的太阳花
是中国工业的提速器和助跑机　无论晴雨
在世界的视野里　贵冶身着工装
挺立在熔炉旁　用奔流的铜水
摆动着　远方铜期货行情的风向

七月的阳光

完整地覆盖
如同一张烧红的铁片
不容篡改　不容回避

残存的风
把七月掀起　裸露的古铜色
一一呈现　流淌着汗香

炎热　本是七月的原色
如今却成了哽塞在喉的咒语
将日子烤出烙印

除了花　有一些人不在了
想念　也成了助燃的材料
将泪腺最后一丝水分蒸发

天空飘来一朵白云　才确信
再热的日子　也是自己的岁月

梦里花开

什么价格的床垫
也不如躺在梦里舒坦
随意地伸出手指
轻轻一点
就能把黑夜的门　柔柔地推开

用最隐秘的暗语
把孤独　捂得更低
将久置的心弦拨响
沿着抿嘴的呼吸前行
倾听　怀中花开的声音

再重的疲惫也有翻身的时刻
梦间就是穷人奢侈的场所
常想在掌茧剥落的片刻
让辛劳的四肢　绽放花色

被风吹弯亮度的烛火
高过　汗渍斑斑的额顶
催促细看　一枕期待
悄悄发芽　两朵菜花相依
一片思乡的雨　飘成泪行

蚯蚓

一位彻头彻尾的劳者
耕有其田　居有其屋
与花草不同
它们活在明处　需要阳光雨露
需要风的吹捧和注目
而你　命中注定是位隐者
只是在自己的
劳作和快乐里深藏不露

用柔软的身躯
掘出生活的道路
让土地的呼吸与蓝天相通
把沉默修炼成一种上善若水的品格
如同一节细长的列车
随着黑夜的脉动起伏

虽有龙子之名　却以土为生
以劳动为快乐　昼伏夜出
用无欲无求　换来和谐相处
让天地　拥有春的明媚花色

后记

“从前有座山，山上有座庙。庙里有个老和尚和小和尚。小和尚要老和尚讲故事。老和尚就说，从前有座山……”这个顺口溜小时候就听大人们说过，后来我又说给儿子听，再后来又说给小孙女听。编这个顺口溜的人想必是个聪明之人，因为山中的故事的确是永远讲不完的，况且还有“山外有山”这一说呢。

我的老家就在赣东北的大山深处。虽说是在城市生长，但也去过多次。孩童时的烙印由此影响着我对山的认识。在我眼里，山是有灵性的。人们生活其中，给山以活力和朝气，而山中生长的万物充满着奇迹，生长的动植物也源源不断地供给人们以营养。山里人的性格中注入了山的基因，山与人相融相生。人们在看山的自然美景的同时，山中的人文色彩更是关注和难忘的重点。走完一座山，看望一群人，生活由此而光鲜长亮，山人相融的生态观念滋养着一代又一代的山里人。由此，一座峰便有了一座峰的景致，一座山又有了一座山的味道。

山，能给人以美的视角与提升。北宋画家郭熙曾说：“山有三远。自山下而仰山巅，谓之高远。自山前而窥山后，谓之深远。自近山望远山，谓之平远。”面对山景，观者的心境与造化便左右起怎样的取舍。一部山志，就是一部鲜活的山里人的生活史。有人说，一个人一生也许只能认真地走看一座山、舍给一座山。想想，这话也对。心里有了一座山，做人便有了定力。而这个定力，就是那座山的呼唤，更是家乡的期盼。

记得小时候，母亲给我洗澡时，总是从身上搓下许多泥条子。我问母亲：“为什么人身上的泥巴总是洗不净呀？”母亲说：“人是用泥巴捏成的，哪能洗得净呢？”母亲的回答显然说服不了我，因为，在小小的我看来，如果人是泥巴捏成的，那洗个澡不就会被水给泡化了吗？

小孩子的想法是天真的，不能明白人和土地的关系。但我毕竟是个农民的后代，随着年龄的增长，农民与水土的天然联系就会像遗传基因一样在血液中沸腾。手中的笔，就像发芽的杨柳枝一样，对土地和流水有着特别的感应，一旦接触到江南湿润的土地，就会长出摇曳的诗意和情感的青枝绿叶。在我的心里，所谓诗情画意，就是同大地、河流厮守在一起的亲和状态。在多年的工作期间，我跋涉过不少地方，足迹延伸到家乡的崇山峻岭、山溪源头。领受了大地的温情，感受到“我”与万物同在的欣喜。这些经历和情感让我相信，什么样的文明都无法取代土地和流水。即使遇到再大的天灾人祸，只要有土地和流水在，万物的生存希望就在。

我的作品无论是在文体的追求及题材的遴选上，大都与我对家乡的守望和体验有关。即便有些作品是写别的事物，但观照的方式依旧还是充满着乡土的气息。我喜欢读一些用深刻、凝重的悲悯映射人性、人文情怀的诗作。因为，这样的作品能让我直接体味、察觉到其中蕴含着的无法言喻的痛楚。我是从苦难中走出来的人。回望细品，方知苦难对一个人的成长意味着什么。这样的记忆，确定了我的作品保持向下的姿态，而不屑高蹈凌虚之举的底线，从而让我的文字始终弥散着鲜明的草根性和泥土的芬芳。我实在想要在自己的文字构建中，以细微的日常生活细节再现社会和生命存在的意义，让司空见惯的生活场景能迸发出语言犀利的张力和生铁的质感。

诗歌是气，不是器；是人心，不是物件。诗歌以自身的精气神而立在世间，其颜值和灵魂都要打动人。好的诗歌不能离开心灵。它的本质就是真和新。如果要扩大些外延，就还有简单、直接和自由。而这种简单、直接和自由的文字，就为我们的思想平添了意义。有意义的写作，就像是一场有计划的旅行。每个人都在属于自己的时间节点上，用精细或随意的态度雕刻着生命。于是，那些由自己走过的足迹和明天的愿景连缀组成的生命，便在我们的一瞥一凿中呈现出各自不同的表情。

写作和思考，能让我明白很多道理。明白道理，心情自然就会平添致远的色彩，从而知道，在有限的生命过程中，把不多的时光用来读书和写作是多么明智和美妙的选择。掩卷听风，字里行间的我仿佛正化成一束细长的心绪，游走在阳光的缝隙之间，这时的感觉已超越了阅读和写作的范畴，而更像是一个静修的过程，舒适而随意，逍遥而快乐。

我生活的起点是大地，以后也会回归到土地之中去。这就决定了我的价值取向和审美情趣。只要我站立在土地上，眼里满是青山绿水，我的心中就仿佛拥有万千气象，我的思绪就充满活力和生机，我的文字就会有承载能力、包容能力和产出能力。我知道，这一切是我命中的注定。因为，在我的生命中，土地和流水，已是我根深蒂固的哲学，是最美的诗篇、最亲的血缘……

2017年初秋于贵溪天华山